I0576766

Johann Daniel Falk

Taschenbuch für Freunde des Scherzes und der Satire

Johann Daniel Falk

Taschenbuch für Freunde des Scherzes und der Satire

ISBN/EAN: 9783743615168

Hergestellt in Europa, USA, Kanada, Australien, Japan

Cover: Foto ©Andreas Hilbeck / pixelio.de

Weitere Bücher finden Sie auf **www.hansebooks.com**

J. D. Falks

neueste

Kleine Schriften.

Dritter Band.

Weimar,

im Verlage des Landes-Industrie-Comptoirs.

1803

15 min

Taschenbuch

für

Freunde des Scherzes und der Satire.

———

Herausgegeben
von
J. D. Falk.

———

Siebenter Jahrgang.

—o—

Mit einem Kupfer.

———

Weimar,
im Verlage des Landes-Industrie-Comptoirs.
1 8 o 3.

Inhalt.

Erklärung des Titelkupfers.

Nicht bloß die Plautinische und Molie=
rische Komödie stempelte jene alte Thebani=
sche Volkssage, daß Jupiter, um den größten
aller Halbgötter von einer sterblichen Mutter
zu erzielen, dem streitbaren Bräutigam bey
seiner Verlobten den süßesten Minnesold weg=
gestohlen habe, zur lächerlichsten aller Hahn=
reigeschichten, die je ein altes oder neues
Dekamerone erzählt haben mag: auch die
bildende Kunst travestirte diese Brautnachts=
Maskerade schon im Alterthum auf eine
ganz eigene Weise. Die ganze Scene ist
schon auf einer alten griechischen Vase im
lächerlichsten Zeitpunkt, der vor der Krise
vorausgeht, zur Ergötzlichkeit der Lacher
abgebildet worden. Die auch in andern Rück=
sichten unter die köstlichsten ihrer Art gerech=

nete Vase war einst im Besitz des großen
Raphael Mengs und kam dann mit vielen
andern in die Russisch = Kaiserl. Sammlung
nach St. Petersburg. Unsre Leser, die in
diesem Taschenbuch in die dramatische Tra=
vestirung jenes vielleicht nur einmal so lä=
cherlich gegebenen Stoffs eingeführt werden,
wissen es uns vielleicht einigen Dank, auch
den damit verwandten Kunstscherz in einem
verkleinerten Umriß sogleich damit vergleichen
zu können. (In der Größe des Originals
findet man dieß Vasengemälde abgebildet in
Hancarvilles Antiquités Etrusques,
Grecques cet. T. IV. pl. 105. etwas ver=
kleinert in Winkelmanns Monumenti
inediti n. 190.) Die bräutliche Alkmene
öffnet hier der muthwilligen Liebeley selbst
das Kammer = Fensterchen, für welches Ju=
piter, in die Frazze eines Pantalone oder
Maccus der ältesten Possenspiele verlarvt,
schon eine Leiter in Bereitschaft hält, wäh=
rend der verschmitzte Brighella Merkur sei=
nem durchlauchtigsten Gebieter mit dem Die=
beslämpchen vorleuchtet. Man wird bey ge=
nauerer Untersuchung weder das Scheffel=
maaß auf dem Kopfe des verlarvten Jupiters,
noch den umgekehrten Caduceus oder

Mercuriusſtab in der linken Hand des ge=
ſchäftig kuppelnden Himmelsboten ganz über=
ſehen. Erſteres war auf den Köpfen des Ju=
piter = Serapis und anderer Gottheiten das
ausdrucksvolle Zeichen der Fruchtbarkeit und
der geſegneten Fluren. Und einen reichli=
chen Eheſegen bringt auch hier der Gott in
niedriger Knechtsgeſtalt. Der umgekehrte
und geſenkte Götterſtab ſoll freilich zunächſt
nur den ſaubern Gelegenheitsmacher genauer
charakteriſiren, erinnert aber zugleich daran,
daß er ſich ſeiner Rolle ſchämt. Das Ganze
endlich beweiſet, zu nicht geringer Ergözlich=
keit aller ächten Alterthumsforſcher, das ho=
he Alter der frommen Sitte, die in der
Schweiz und im Tyroler = Land vor wenig
Jahren noch unter dem Namen des Kilp=
ganges gäng und gebe war. —

Vorrede.

An die Erzieher des neunzehnten Jahrhunderts.

Wie lang' mißkennt ihr noch den Geist
der Zeiten,
Und jagt um Klapperwerk und leeren Tand?
Stets schaut die Nebelküst' ihr nur von
weiten,
Und dennoch ruft ihr frohbegeistert: Land!
Ruhm, Ehre, Preis der Kunst der Pä-
dagogen!

* 2

gern räum' ich jeglichem Verdienst den Lor-
beer ein;
Sind die Erzieher nur erst selbst erzo-
gen:
Gleich wird's mit der Erziehung besser seyn!
Doch wer erzieht des Volkes große Lehrer,
Für Kirch' und Schule, Kanzel und Altar?
Leer zieht das Jüng'lein hin, und leerer
Kehrt es zurück von Schulen, wie es war!
Anstatt Lebendigkeit und Kraft zum Wirken,
Wodurch der Mensch dem Menschen wohl-
gefällt:
Wie kömmt es, daß, wohl eingepeitscht mit
Birken,
Nur todte Brocken das Gedächtniß aufbe-
hält?
O unbegreifliche Verkehrtheit! nicht nur
Ammen
Wird unser Geist im Kinde unterthan:
Nein, es ersticket auch des Götterfunkens
Flammen

Ein Heer Pedanten, in dem Jüngling, für
den Mann!
Wie jene trillernd den Verstand verklap-
pern:
So machen diese uns durch Wörter klug:
So lernt das Kind maschinenmäßig plap-
pern,
Und eh' es noch ein Mensch ist, wird's ein
Buch!
Von Baum und Wald, den ur-uralten
Dingen,
Von Land und Flur, des Menschen ältestem
Beruf,
Erfährt es nichts! — Im Käfig hört es
nur, wie Böglein singen;
Aus Fibeln lernt es den gemahlten Hah-
nenruf!
O glücklich wenigstens, wenn die Natur
die Wiege
Aufhing im grünen Busch, am See, im
stillen Wald,

Wer früh an ihrer Brust getrunken durst-
ge Züge,
Wer früh genas vom Stubenaufenthalt!
Er braucht sie nicht der Basedow und
Kampe
Trübsel'ge Kunst, die dumpf in Büchern
wohnt:
Hell schimmern ihm, statt des Studierpults
Lampe,
Zu seinen Häupten Sterne, Sonn' und Mond!
Ihm liegt das Ewige der Bücher auf-
geschlagen;
Ihm flüstert Bach und Busch ein Schlaf-
lied zu;
Ihm neigen Sternlein sich, ein Wort zu
sagen:
Zu seinem Herzen strömen Fried' und Ruh'!
Natur, du Heil'ge, laß dein Feuer mich
durchglühen!
In deiner Werkstatt, wo du Blumen, Thier
und Laub

Erschaffest, laß mich fromm an deinen Al-
tar knieen,
Laß mich genesen auch vom todten Bücher-
staub!
Du, edler Pestalozzi, strebst vergebens,
Vom Bücherfluch die Menschheit zu be-
freyn:
Vergiftung fleußt für uns im ersten Quell
des Lebens;
Wir saugen mit der Muttermilch ihn ein!
Hoch thürmt sich auf die Last der Bü-
cherwände;
Die Mauer steht, und schützt den ärmsten
Tropf:
Sie bauten rüstig tausend über tausend Wände:
Sag, was dagegen will ein einz'ger Kopf?
Des Mutterleibes Kerker kaum entronnen
Schlägt neu in Fesseln uns Gewohnheit ein:
Sag, was gewannen wir mit Licht, Ge-
burt und Sonnen?
Gefangen sperrt man einst uns wieder ein!

Wie klopft das Herz den schwerbesorgten
Müttern
Nur wo ein Glied sich regt! Wie deckts
die Alte zu!
Wie, ob sie vor dem Athmen selbst erzittern,
Sieh, stopfen sie den Mund dem Säug=
ling zu!
Die Zeit läuft ab. Bald wird das Kind
zum Knaben:
Des Lernens Trieb, die Wißbegier erwacht:
Welt= und gelehrte Bildung soll es haben:
Der Vater ist auf Unterricht bedacht.
Selbst das Gedächtniß vollgepfropft mit
Wörtern
Nimmt ein Sprachmeister = Schwarm uns
in Empfang,
Fünf Jahr' uns das Geheimniß zu erörtern,
Daß Mensa heißt der Tisch, und Scamnum
heißt die Bank.
Geübt, zwey Scenen vom Terenz zu stam=
meln,

Schickt als Maturus uns ein Rector fort:
Drauf — achtzehn Jahr' alt — geht's, von
Schilda wie nach Hameln,
Von niedern Schulen nun zu höhern Schu-
len fort.

Hier sind eröffnet viel gelehrte Stühle;
Auf jedem herrscht ein aufgeschlagnes Buch;
Hier lernen Wenige, und lehren Viele:
Zahllose Weise — und kein Sterblicher wird
klug!

Der eine zeigt euch der Botanik Schätze:
Ihr sollt und müßt ein künft'ger Linné seyn;
Der Zweyte lehrt euch Newtons Grundgesetze;
Der Dritte fodert Reizisches Latein.

Bestimmt, lebendig mit dem Volk zu spre-
chen,
Wo That nur wirksam mit Erfahrung sich
erweist,
Erstickt ein Vierter hier mit Silbenstechen
Von Kennicot und Michaelis euern
Geist.

Ein Fünfter zeigt, am Krankenbett' zu
glänzen,
Euch den weit kürzern Weg, wenn ihr nur
Eins bemerkt,
Frey von der alten Schule unbestimmten
Gränzen,
Wie Brownianisch man bald schwächt, bald
stärkt.
Ein Sechster packt euch eine ganze schwere
Fuhre
Pandect' und Glossen auf, des Vaterlands
Ruin:
So lernt ihr, was ihr noch nicht wißt —
die Kunst, de Jure
Die Wittwen und die Waisen auszuziehn.
Der Siebente verspricht, wenn ihr von
vielen Jahren
Den Fleiß verwenden wollt auf i h n, und
F i c h t', und K a n t,
Durch Galvanismus euch zuletzt zu offen=
baren,

Wie er, sein Ich, Gott und die Welt ent-
stand.
Wohin, wohin, vor allen diesen Strömen
Von Weisheit retten den gesunden Geist?
Kaum reicht ein Leben alle den Systemen,
Kaum ein Jahrtausend, wo so toll man un-
terweist!
Und doch, drey Jahre sind dem Lehrling
nur beschieden,
Um das Unendliche zu fassen — höchstens vier:
Sodann entläßt die Weisheit ihn in Frieden,
Zu Stuhl und Kanzel, durch des Hörsals
Thür.
Dem ärmsten Tropf auch wird der Hand-
werks-Gruß zu Theile,
Die Innung reicht den Hut, und spricht:
bezahl;
Und die den Musen abgestohlne Weile
Verlärmt ihr tobend laut um den Pokal.
Und Euch nimmt's Wunder noch, daß Euch
beym Menschenbilden

Der Funk' erlischt, noch eh' er is entglüht,
Und daß, statt Menschen ihr, ein bloßes
    Volk von Gilden
Und roh handwerkenden Gelehrten zieht?
 Wann kommt die Zeit, wo, wie in B o n-
    n e t s *) Heiligthume,
Nicht mehr Natur dem Wurm des Wissens
    wird zum Raub;
Und wo der Menschlichkeiten schöne Blume
Die Kunst erzieht, aus todtem Bücherstaub?
 Zu diesem Fluch' verdammt euch, o ihr
    Neuen,
Verachtung nur der schönsten Lebenskunst:
Erziehung, Menschenbildung kann
    gedeihen
Nur da, wo herrscht der Musen höchste Gunst!
 Verständlich lehrt sie euch, von Thier und
    Stern' und Pflanzen,

---

*) B o n n e t zog Gewächse und Blumen auf
alten Folianten, wo er den Saamen zwischen die
feuchten Blätter säete.

Was wissen, ahnden soll der Greis, der
Mann, das Kind!
Sie zeigt den Einklang euch des hohen
Ganzen,
Und führt euch durch der Wissenschaften La-
byrinth.
Und nicht verachtet sie die schönen Lebens-
blüthen
Der Wissenschaft — sie fördert edle Gründ-
lichkeit:
Gränzwächtern nur, die dumpf am Zaun
des Wissens hüten,
Ist zu erklären sie den Krieg bereit!
Des Encyklopädismus leere Schwätzer,
Und was Maschieuen zieht — kein Mensch —
ein Buch:
Des Druckers Strafe, und die Last der
Setzer —
Nur sie belegt sie mit dem härt'sten Fluch!
So gebt denn Abschied einem wüsten
Wissen:

Beſchränkt fortan mit Ernſt den Sinn auf
    Eins;
Und wollt ihr nicht — gezwungen werd't
    ihr müſſen,
Im ſchönſten Bund des menſchlichen Vereins!
  Erwacht ſind ihr die ſchönſten Seelenkräfte,
Der tiefſte Grund der Menſchheit aufgeregt:
Befördert nun das göttliche Geſchäfte
Erziehung, was die Kunſt euch über-
    trägt!
  Reich wird euch bald die Göttliche be-
    lohnen,
Bald zaubert ſie hervor ein neu Geſchlecht:
Erhöhtre Menſchen werden auf der Erde
    wohnen.
Nur durch das Schöne lernt der Menſch
    das Recht!

I.

Epistel

:n W — en K — e.

———

Zeimar, auf dem Rosenberge, den 17. Aug.
1801.

I.

Epistel
an W — en K — e.

Weimar, auf dem Rosenberge, den 17. Aug. 1801.

Auf meinem kleinen Rosenberge,
Wo ich mich vor der Welt verberge,
Dem Rachen gleich, in stiller Bucht:
Frägst du mich K...e, wie ich lebe?
Und, was ich dir zur Antwort gebe,
Ist: warum du mich nicht besucht?

Du würdest, hier auf kleinen Höhen,
Ein Paar zufriedne Menschen sehen,
Und auch das dritte wächst heran:

1 *

Wir leben fröhlich jeden Morgen,
Und lassen aus der Stadt die Sorgen
Uns, wie den Nebel, selten nahn!

Hier pfleg' ich süße Dichterträume;
Hier leb', im Obdach grüner Bäume,
Ich im geliebten Griechenland!
Ich steh' und sinn' — und sinn' und schreibe,
Und oft belauscht die Vollmondsscheibe
Mich mit der Tafel in der Hand.

Da wandeln, aus den dunkeln Stellen,
Mir hohe Schatten zu; da quellen
Mir göttliche Gestalten auf:
Es sinkt die Scheidewand der Jahre;
Virgil, Homer, bekränzt die Haare
Mit ew'gen Rosen, steigen auf!

Da hör' ich Stimmen, die mir rufen:
„Was zauderst an den ersten Stufen
„Der Kunst, du Neuling? Auf zum Ziel!
„Viel des Verdienst's ist unerrungen,
„Viel noch der Thaten unbesungen:
„Stimm' höher drum dein Saitenspiel!"

Jetzt lockt aus schwarzen Fichtenwänden,
In traurig zärtlichen Accenten,
Die Nachtigall im Schattenhain:
„Auch diese hat Homer gesungen;
„Ihm hat, wie dir, das Herz geklungen!"
So ruf' ich froh begeistert drein.

O ihr da, ewige Gestirne,
Ob einen Lorbeer dieser Stirne
Ihr, oder keinen bringt — mir gleich!

Ihr leuchtet fort, ihr ew'gen Sonnen:
Genossen hat des Lebens Wonnen,
Wer hat erblickt des Lichtes Reich!

Wie glücklich ist mein Loos gefallen:
Vergessen leb' ich hier von Allen,
Vertraut mit dir allein, Natur!
Verborgen dem gelehrten Pöbel,
Ziehn abwärts tief des Lebens Nebel
Vorbey an meiner kleinen Flur.

Mag sich der Stolz in Marmor brüsten!
Der Kindheit und der Jugend Küsten,
Da fliegen sie, so sorgenfrey
Im dunkeln Obdach grüner Bäume,
Der Heimath vielgeliebter Träume,
Mir, wie im ersten Lenz, vorbey!

Nur wenig gibt es hier zu stehlen:
Mein kleiner Hausrath ist zu zählen:
Dort lehnt mein Wanderstab zur Flucht:
Hier gafft das Reh am Wildgehäge;
Der Fink verdoppelt seine Schläge;
Der Sperling nascht der Kirsche Frucht.

Ihr Bürger dieser Berg' und Auen,
Vergönnt, bey Euch mich anzubauen,
Wo hoher Friede wohnt umher!
So laßt mich leben, laßt mich sterben!
Dich K...e setz' ich ein zum Erben
Von meinem alten Freund Homer!

II.

Elektropolis

oder

Die Sonnenstadt.

———

Perfonen.

Die Sonnengöttin.

Ein Unbekannter.

Der Patron des Luftschiffs.

Der Steuermann.

Paffagiere.

Schreibebald, ein Berliner.

Stopfkuchen, ein Wiener.

Philofophen.

Ein junger Mensch, mit seinem Vater.

Eine Mutter, mit ihrer Tochter.

Ein Kind, mit seiner Mutter.

Ein alter und ein junger Theolog.

Ein alter und ein junger Jurist.

Ein Brownianer und ein Apotheker.

Ein Welt= und ein Bürgerphilanthropiste.

} Sämmtlich Wallfahrter zum Vaterenthurm.

Martin, ein Bauer.

Marthe, seine Frau.

Görge, ihr Sohn.

Steffen, ihr Nachbar.

Ein Herold.

Bewohner des Narrenthurms. Indianer — Babylonier. Chaldäer — Araber — Griechen — Teutsche — Franzosen — Idealisten — Jakob Böhmisten, Braminen — Schwedenborger — ein junger Pfarrer — ein alter Superintendent 2c.

Die Scene ist in Elektropolis, vor dem Wirthshause, die Leidnerflasche, im Angesicht des Philosophen = oder Narrenthurms.

Erster Auftritt.

Oeffentliche Straße zu Elektropolis.   Am Ende
derselben der Narrenthurm ; vor diesem eine
breitschattende Linde.

Luftschiffpatron.

(in einem Aerostat oben über der Stadt schwe-
bend)

Zieht den Fallschirm wieder am Seile
herauf, und laßt den Hammel herunter!
Nach diesem mögen die Passagiere nachfolgen! Alle — ohne Rangordnung, wie sie
bey der Hand sind — der Apotheker, die
Philosophen, der Geograph, die Juristen,
der Bauer, die Theologen! — Doch nein!
Halt noch, halt, bis die gefährliche Stun-

de vorüber ift! Ich will indeß hier mit
diesem Unbekannten, der sich, während der
ganzen Ueberfahrt, am vernünftigsten von
Allen bewiesen hat, und mit Martin,
Marthen und Steffen niedersteigen! (löst den
Fallschirm) Du Steuermann, behalte die
Uebrigen am Bord! (zum Unbekannten) Und
du sorge dafür, daß, ohne deine ausdrückli-
che Erlaubniß, Niemand an's Land steigt!
Ich will mich indeß hier ins Wirthshaus
zur Leidnerflasche begeben, um mich
wieder mit Eisenfeile und Vitriolöl zu ver-
sehen, damit wir, wenn es zur Abfahrt
geht, sogleich parat sind!

                                    (ab)

Zwenter Auftritt.

Vater Martin. (indem er seinen Fuß aus der Gondel setzt, zu Nachbar Steffen und Marthen, seiner Frau)

Das hat Schweiß gekostet, ehe wir so weit gekommen sind! Nun, Nachbar Steffen und Mutter Marthe, steigt aus, steigt aus! Mehr als einmal ist mir, in der erschrecklichen Höhe, Hören und Sehen, ja die Luft selbst vergangen, obgleich wir uns mitten in der Luft befanden! Aber ich dacht' es gleich, als wir gestern Abend von unserm Dorf aufstiegen, und mir unser Herr Pfarrer, der, hinter'm Zaum, in seinem Kohlgarten herumkrabbelte, nicht größer erschien, als eine Kohlmeise!

Nachbar Steffen.

(zu dem Unbekannten)

Wie heißt denn eigentlich der Platz,
Herr, wo wir gelandet sind? Denn, wie
ich höre, so habt ihr die Reise schon mehr=
mals gemacht?

Unbekannter.

Es ist Elektropolis, oder die Philoso=
phen= und Sonnenstadt. Man hat uns
hierher geführt, weil Jeder von Uns, mehr
oder weniger, an die Sonne ein Anliegen
hat!

Nachbar Steffen.

Was mich betrifft, und obgleich ich vor=
züglich meines guten Gevatter Martins
und Frau Marthen wegen mitgeschifft bin,
die hierher gekommen sind, um, unter den
Philosophen, ihren ungerathenen Sohn zu

suchen : so laſſe ich doch, weil wir einmal
in ihrer Nähe ſind, die Sonne ſein grüßen,
und es ſoll mir recht lieb ſeyn, wenn ſie
ſich künftighin meines Winterfeldes und
meiner Gerſte ein wenig mehr, wie bisher,
annimmt !

Unbekannter.

Dieſe Grüße mögt ihr, wenn ihr ſie
ſprechen ſolltet, ſelbſt ausrichten !

Vater Martin.

Hält denn das ſo ſchwer ?

Unbekannter.

Wie man ſagt !

Nachbar Steffen.

Aber ſagt mir, was iſt denn das für
ein Thurm, der dort an der Ecke ſteht ?
Ich höre ein Geräuſch verworrner Stimmen,

2

und so von außen hat er ganz das Ansehn,
wie der Thurm zu Babel!

Unbekannter.

Auch herrscht eine eben so große Sprach-
verwirrung darin! Ihr müßt wissen —
das ist der sogenannte Philosophen= oder
Narrenthurm!

Vater Martin.

Wie? Wir sind ja, wie ihr uns eben
sagtet, im Lande der Weisheit, und das
erste, was uns auf der Gränze entgegen
stößt, ist ein Narrenthurm?

Unbekannter.

Nicht anders!

Dritter Auftritt.

Die Vorigen. Narren im Thurm.
(Stimmen an verschiedenen Gittern)

Kommt herein, kommt herein!
Trinkt ein Gläschen Narrenwein!

Nachbar Steffen.

Was machen die da?

Unbekannter.

Sie disputiren.

Vater Martin.

Worüber?

Unbekannter.

Ueber Gott — über die Welt — über
die Bestimmung des Menschen — über die
Unsterblichkeit der Seele — welche von allen Religionen die beste ist? u. s. w.

2 *

Nachbar Steffen.

Und was sinds denn für Leute?

Unbekannter.

Juden, Christen, Griechen, Römer,
Araber, Franzosen, Engländer, Aegypter —
kurz von allen Nationen und Zungen!

Vater Martin.

Das sind ja lauter Welsche! Sagt
mir, gibt es denn nicht auch von unsern
Landsleuten, ich meine Teutsche dabey?

Unbekannter.

Allerdings! — Für diese hat die Son=
nengöttin nur noch neulich einen ganz neuen
Flügel anbauen lassen!

Erster Narr. (am Gitter)

Und wollt ihr wissen, was die Welt
Ist, und was sie zusammen hält?
Eine Zwiebel;

Sieben Häute
In einander, lieben Leute!

Zweyter Narr.

Eine Bibel!

Erd' und Thal

Das Futtral;

Ein Gesangbuch,

Drinnen, mit

Vergoldtem Schnitt,

Macht euch klug,

Unterweist

Euch der Geist!

Dritter Narr.

Eine Glocke!

Mit dem Hammer

Schlägt daran der Demiurg, in seinem
Schooß:

Und, wie eine Braut aus ihrer Kammer,

Windet leuchtend sich die Sonne los! —
— Erster — zweyter — siebenter Tag!
Horch! ein Tagewerk auf jeden Schlag!
Sonne, Mond und Luft und Erde,
Meer und Himmel, Mensch und Pferde!
Das ist die Welt,
Das ist die Kraft,
Die sie erhält,
Die sie erschafft!

Vierter Narr.

Falsch, falsch, Gevatter Glockengießer!
Keine Zwiebel, keine Glocke!
Eins — zwey — drey: —
Die Materie ist ein Ey;
Eros hat es, Liebe hat's bebrütet,
Wo die alte Nacht das Chaos hütet,
Und so lösen von der äußern Schale,
Grau im Nebel, Berge sich und Thale!

Fünfter Narr.

Eyer — Glocken — Hühner — Zwiebeln:
Nein, ihr mögt mir's nicht verübeln:
So erschafft sich keine Welt,
Wie man Zwiebeln häutet — oder Eyer
schält!

Nur im Dampf;
Nur im Kampf;
Nur im allgewalt'gen Stoß
Windet Geist sich und Materie los!

Ein Jacob-Böhmiste.

Kein Sperling auf die Erde fällt;
Der Makrokosmus ist die Welt,
Der Mikrokosmus die Natur,
Des Menschen Seele, glaub' es nur!
Regio orientalis!
Regio occidentalis!
Das ist der Leib!

Das ist das Weib!

Zibetha orientalis!

Zibetha occidentalis!

Puh! Eitel Essenzen und Seyn!

Gestank! Unrath! Ambra! Qualm!

Dampf! — O Jacob Böhme! Jacob
Böhme!

Ein Mahomedaner.

Algabad!

Weis' ist des Propheten Rath!

Böses Wort und böse That

Finden ihren Lohn in Algabad!

Seht ihr die Brücke, dünn und scharf,
wie ein Haar, und nicht breiter wie der
Rücken einer Messerspitze, worüber die Seelen der Gottlosen und Gerechten hinweg-
laufen! Diese gelangen glücklich hinüber;

aber jene stürzen unausbleiblich in endlose Tiefen und Abgründe —

Ein Wilder der Südsee.

Also hat der große Weltgeist es den rothen Männern offenbart. In einem steinernen durchlöcherten Kanot, das nicht untersinkt, obgleich es ein Stein ist, fahren wir herüber zu den Inseln der Glückseligen, wo wir uns mit Jagen und Fischen die Zeit vertreiben; aber die Seelen der Ungerechten, und die den rothen Männern verhaßten Stämme der Weißen stehen, versunken im steinernen Kanot, bis an's Kinn, im Wasser, sehen die Früchte aus den Inseln der Glückseligen herüberhangen, und können sich nicht daran laben, stehen mitten in der erquickenden Welle, und vermögen doch nimmer ihren Durst zu löschen!

Ein Iman.

Ihr, des göttlichen Propheten Anver-
wandten,

Rückt ja nicht am Zaum des weißen Ele-
phanten,

Der auf seinem Rücken trägt die Welt,

Die auf einen Ruck zusammenfälle!

— Rettet Euch! Rettet Euch! Der
weiße Elephant! Er hat seinen Zaum zer-
rißen! Ein Erdbeben! Ein Erdbeben!

Ein Bramine.

Weh mir! Ich habe meine Großmut-
ter in einen Topf gethan! Weh mir, ich
habe ein Huhn gegessen!

Ein Derwisch.

Still! Still! Ich zähle die heiligen
Haare im Bart des Propheten!

Zweyter Derwisch.

Und ich die Vokalen im Alkoran!

Ein Schwedenborger.

(zu dem Unbekannten) Unglücklicher, du bist Schuld daran, daß ich das Licht des himmlischen Jerusalems so eben, mit meiner Nasenspitze, verloren habe.

Unbekannter.

Es soll mir recht lieb seyn, wenn ich Schuld daran bin, daß du künftig etwas weiter sehen lernst, als deine Nase reicht.

Nachbar Steffen.

(auf ein Paar Narren im Thurm zeigend)

Sieh, da ist ja auch unser Herr Pastor!

Vater Martin.

Mein Sir, er ist's! Und der Herr Superintendent, aus unserer Nachbarschaft — der mit der weißen Schlafmütze — kennst

du ihn nicht? Dort steckt er ja auch den
Kopf aus dem Gitterloche!

Nachbar Steffen.

Warte, warte, wenn ich nur erst dahin-
ter komme, wo sein Kopf anfängt und wo
die Schlafmütze aufhört! Der ist gewiß
wieder einmal auf der Zehntwache!

Vater Martin.

Und wie sie disputiren! Wie scharf das
hergeht! —

Nachbar Steffen.

Wir wollen doch ein wenig zuhören!

Superintendent.

(an dem einen Gitterloche)

Also „Jesus wandelte auf dem Meer,"
soll soviel heißen als: „Jesus wandelte
am Meere."

Pfarrer.

Nicht anders! Ich bin nun einmal nicht für die buchstäbliche Auslegung!

Superintendent.

Ja, so ist es Euch freylich was Leichtes, alle Wunder aus der Schrift heraus zu erklären!

Pfarrer.

Es gibt überhaupt wenig Wunder! und die wenigen, die es gibt, kann man entweder, wie z. E. das von Bileams Esel, und dem Engel, mit dem feurigen Schwert, durch die Anwendung der neuen Lehre von der Elektrizität; oder, wo diese nicht hin reicht, durch eine geschickte Versetzung der Texteworte erklären! (1)

Superintendent.

Was nennen Sie eine geschickte Versetzung der Texteworte?

Pfarrer.

Die der ungeschickten geradezu entgegen-
steht. Z. B. wenn die biblische Stelle,
die zu allen blutigen Religionskriegen
gleichsam das Signal gegeben: „Ich bin
nicht gekommen, den Frieden zu bringen,
sondern das Schwert!" mit meinem philosophischen Ideenvorrath in einigen Widerspruch geräth: so wird es nur von mir
abhängen, durch eine geschickte Versetzung
der Texteworte, dafür: „Ich bin nicht gekommen das Schwert, sondern den Frieden
zu bringen," zu lesen.

Superintendent.

Aber wo bleibt sodann der Glaube an die Wunder?

Pfarrer.

Ich werde nicht scheel dazu sehen, wenn er auch ganz und gar, über die guten Werke, verloren geht!

Superintendent.

Was ist ein gutes Werk ohne Glauben?

Pfarrer.

Und was ist ein Glaube ohne gute Werke?

Superintendent.

Wo der erste ist, werden die letzten bald nachfolgen!

Pfarrer.

Und wo die letzten sind — ist der erste entbehrlich!

Superintendent.

Umgekehrt!

Pfarrer.

Beweisen Sie ihren Satz!

Superintendent.

„Also daß wenn ich Glauben hätte, gleich einem Senfkorn, ich dennoch Berge verse=
tzen könnte!"

Pfarrer.

Was für Berge?

Superintendent.

Was man Berge nennt! Den Mont=
blanc, das Schreckhorn; ja meinetwegen auch den St. Gotthard!

Pfarrer.

Sie fangen es hoch an!

Superintendent.

Bey Gott ist kein Ding unmöglich!

Pfarrer.

Dennoch rathe ich vorerst zu einem Ver-
suche im Kleinen!

Superintendent.

Wie meinen Sie?

Pfarrer.

Lassen wir den Montblanc und das
Schreckhorn! Da ist in unserer Gegend
die alte Zug= und Windherberge!

Superintendent.

Sie meinen wohl den Ettersberg!

Pfarrer.

Es weht ein naseweiser Wind von dort:
Drum nennen ihn auch, an Stell' und Ort,
In Thüringen, nur Weib und Kinder,
Seit ur=uralter Zeit den Ziegenschinder.

3

Superintendent.

Was haben wir hier mit dem Ziegenschinder zu schaffen?

Pfarrer.

Fort soll er!

Superintendent.

Wohin?

Pfarrer.

Wir müssen suchen, ihn, durch die Kraft des Glaubens, zu versetzen!

Superintendent.

Sie scherzen!

Pfarrer.

Mein völliger Ernst! — Und ich bin gewiß, eine hochlöbliche Kammer wird diesem Anschlage, dessen Ausführung bey ihr sich bloß ein zu großer Kostenaufwand entgegengestellt, ihre Genehmigung nicht versa=

gen; und überdieß kann ein solches Wun=
der gar sehr dazu dienen, diejenigen unter
ihren Mitgliedern, die etwa in ihrem Glau=
ben, durch die neue Aufklärung, schwan=
kend geworden sind, auf das schönste darin
zu befestigen!

Superintendent.

Sie haben Recht — aber es geht nicht!

Pfarrer.

Es geht nicht — und warum geht's
nicht?

Superintendent.

Weil — weil — Kurz, wenn Gott ein
solches Werk, zur Verherrlichung seines
Glaubens und der Kirche, beschlossen hätte:
so würde er sich gewiß ein auserwählteres
Rüstzeug, etwa einen Generalsuperinten=
denten, oder gar einen Oberhofprediger da=

3 *

zu ausſuchen; ich aber bin nur ein unter=
geordneter Diener des Wort's; mein Glau=
be iſt noch zu ſchwach.

Pfarrer.

Ey nun, der Ettersberg iſt ja auch ſo
groß nicht!

Superintendent.

Ueberdieß wäre es mein erſter Verſuch
in der Art!

Pfarrer.

Deſto beſſer! Wer einſt Berge verſetzen
will — kann nicht frühe genug, und wäre
es auch nur mit einem Maulwurfshügel,
anfangen! Ein Verſuch im Kleinen iſt im=
mer rathſam, und bey einem jährlichen Ein=
kommen von acht bis neunhundert Thalern,
wie Ew. Hochwürden haben, kann es nicht
ſchaden, ſeinen Glauben auch dann und wann

vor dem Publikum ein wenig durch Werke an den Tag zu legen!

Superintendent.

Aber die Herren Oberconsistorialräthe, Diaconi und Archidiaconi der Residenz?

Pfarrer.

Deren Gehalt ist freylich größer, folglich muß es ihr Glaube auch seyn! Die mögen sich demnach an den Montblanc und St. Gotthard machen; wir bleiben beym Eltersberge!

Superintendent.

Ihre Gründe fangen an mich zu bewegen!

Pfarrer.

He, Marlör!

Superintendent.

(der mit einem Teleskop gegen die Erde visirt)

He, Ettersberg!

Pfarrer.

Senf!

Superintendent.

Hebe dich weg von hier!

Pfarrer.

Sieh, sieh!

Superintendent.

Was giht's?

Pfarrer.

Er kömmt!

Superintendent.

Wer? der Berg?

Pfarrer.

Nicht doch, der Markör!

Superintendent.

Was will er?

Pfarrer.

Er bringt den Senf!

Superintendent.

Wozu?

Pfarrer.

Das sollen Sie nachher sehn! Für jetzt gehen Sie nur frisch an ihr Glaubenswerk, und wiederholen Sie auf's kräftigste i Bannspruch!

Superintendent.

Ich beschwöre dich — (die andern Worte spricht er in einem halblauten, unvernehmlichen Tone). Merken Sie drunten noch keine Veränderung?

Pfarrer.

Nicht die geringste! — Alles steht, wo
es gestanden hat, auf dem alten Flecke —

Superintendent.

Ich bin erstaunt!

Pfarrer.

Nicht doch!

Superintendent.

Mein Glaube —

Pfarrer.

Geben Sie sich zufrieden!

Superintendent.

Diese Beschämung —

Pfarrer.

Hochwürd'ger Herr, ich bin weit davon
entfernt, wegen dieses Vorfalls, an dem
Senfkorn ihres Glaubens im geringsten zu
zweifeln!

Superintendent.

Folglich?

Pfarrer.

Erlauben Sie mir, auch hier zu einer Versetzung der Textesworte meine Zuflucht zu nehmen!

Superintendent.

Lassen Sie hören!

Pfarrer.

Wie wär' es, wir läsen, an dem angezogenen Ort, statt der Worte: „Also daß wenn ich Glauben hätte, gleich einem Senfkorn, ich dennoch Berge versetzen könnte," lieber: „Also daß wenn ich Glauben hätte, gleich einem Berg, ich dennoch kein Senfkorn versetzen könnte."

Superintendent.

Wo ist ein Senfkorn?

Martör.

Hier!

Superintendent.

Es gilt den Versuch!

Pfarrer.

Ihren Bannspruch! Der Senf ist da!

Superintendent.

(spricht auf's Neue den Bannspruch)

Pfarrer.

Sie sehen, weder Berg noch Senfkorn rührt sich von seiner Stelle.

Superintendent.

Ich seh' es, und fange selbst an zu glauben, daß ihre Erklärung die richtige ist!

(Man hört in der Entfernung ein Signal. Die Narren verschwinden von ihren Fenstern.)

Vater Martin.

Was dünkt dich davon, Nachbar Steffen?

Steffen.

Der Pfarrer hat so unrecht nicht!

Vater Martin.

Aber wie kommt er denn in den Narrenthurm?

Steffen.

Da liegt eben der Hase im Pfeffer!

Unbekannter.

Das wird sich finden! Da erscheint
eben der Herold der Sonnengöttin! Sein
Ausruf wird Euch über dieses, so wie über
manches Andre, aufklären.

Vierter Auftritt.

Die Vorigen. Ein Herold tritt auf
und gibt ein Signal mit der Trompete.

Kund und zu wissen allen Einwohnern
und Bürgern hiesiger Stadt, so wie auch

allen Durchreisenden und Fremden in Elektropolis! Also gebietet meine durchlauch-
tige Frau und Gebieterin, die Göttin der
Weisheit: Weß Füße schwach sind und
weß Augen blöde, zu wandeln den Weg
der Wahrheit, zu sehen das Licht der Weisheit: der enthalte seine Füße von ihrem
Wege, und seine Seele von verderblicher
Neugier, damit er nicht falle in eigenen
Fallstrick, und selber sich baue unentfliehba-
res Unheil!

Fünfter Auftritt.

Die Vorigen. Die Passagiere
oben im Luftballon. Nachher der Marlör
aus der Leidnerflasche.

Passagiere im Luftschiff.

Horch! horch! Was bedeutet dieser Ausruf?

Steuermann.

Die zwölfte Stunde hat geschlagen. Das ist die Zeit, wo die Göttin und Beherrscherin dieser Lande, die Weisheit, strahlend und ohne Schleyer, ihren Umgang hält, um Jedem, der ihr begegnet, drey Fragen vorzulegen. Wer ihr die nicht befriedigend auflöst —

Schreibebald.

Nun?

Steuermann.

Dem wird' alsbald ein Kämmerchen zum Aufenthalt in jenem Thurme angewiesen, den sie deßhalb hier zu Lande nur den Philosophen= oder Narrenthurm heißen.

Schreibebald.

Und was betreffen diese drey Fragen?

Steuermann.

Gott, Welt und die Bestimmung des Menschen!

Schreibebald.

Laßt mich herunter! Ich will sie beantworten! Ich will ihr ein Licht aufstecken!

(macht Miene, in den Fallschirm zu springen.)

Steuermann.

(der ihn zurückhält)

Tollkühner!

Schreibebald.

Wenn ihr mich mündlich daran verhindert: thu' ich es schriftlich! Wie, oder glaubt ihr, daß ein Mann, wie ich, der die Welt kennt, der an fünf und zwanzig

Jahr dem Aufklärungswesen in Teutschland
vorgestanden, nicht im Stande sey — — —
(indem er eine Schreibetafel hervorzieht)

Unbekannter.

Laßt ihn herunter, auf seine Gefahr!

Schreibebald (wird ausgeschifft)

Stopfkuchen. (noch oben in der Gondel)

So sieht die Stadt ganz reputierlich
aus; aber wenn es auch hier keine Kuchen
gibt, so wie im Morgensterne: so hohlt
euch lieber der Teufel! (zum Steuermann)
Macht nur, daß man wenigstens bald' was
Warmes in den Leib kriegt! Die ver=
dammte Luftreise hat mir so den Appetit
geschärft, und mir so zu sagen alle Einge=
weide im Leibe versetzt! (herunter rufend)
He da! Bursch, Wirthshaus!

Steuermann.

Es wird dir schwer werden, dich aus
dieser Höhe verständlich zu machen!

Markör.

(der an die Thür des Wirthshauses tritt)

Was befehlen Ihr Gnaden? —

Stopfkuchen.

Chocolade, Orgeade, Likör! Fricassir-
tes, Gebackenes, Gebratnes, Gesottnes —
was zu haben ist!

Markör.

Was zu haben ist — ist nichts von alle
dem!

Stopfkuchen. (zu dem Steuermann)

So laßt mich wenigstens herunter, damit ich selbst revidiren kann!

Steuermann.

Meinetwegen!

(indem er ihn mit dem Fallschirme nie-
derläßt)

Unbekannter.

Ich sollte darein reden; aber es sey
darum!

Markör.

Wer sind die Herren?

Schreibebald.

Ich bin ein Berliner!

Stopfkuchen.

Und ich ein Wiener!

Schreibebald.

Von Herkunft!

Stopfkuchen.

Vom Kopf bis zum Abfaß!

4

Schreibebald.

Mein Nam' ist Schreibebald!

Stopffluchen.

Und meiner Stopffluchen!

Schreibebald.

Mein Vater hieß Schmierl. Ich komme nach Elektropolis, um Materialien zu sammeln, weil ich nächstens einen neuen Theil von meinen Reisen herausgeben will.

Stopffluchen.

Und ich — schaut's der Herr — bin halter hierher gekommen, von den Schlägeln der kleinen Ochsen, Kälber, Hämmel u. s. w. zu kosten, die, wie die Rede geht, hier täglich, ja stündlich aus der Sonne ankommen sollen!

Markör.

Damit hat es seine Richtigkeit!

Stopfkuchen.

Um desto besser!

Markör.

Beyde Herren, hoff' ich, werden Befriedigung hier finden. Belieben Sie nur indeß hier herein zu spaßieren! (führt sie
in's Haus)

Sechster Auftritt.

Die Vorigen, ohne Schreibebald,
Stopfkuchen und den Markör.

Steffen.

(tritt an den Herold)

Mit Verlaub, Herr Herold, was hat
es mit der Rolle, die ihm da über'n Arm
herunter hängt, für eine Bewandtniß?

4 *

Herold.

(sich gegen die Umstehenden wendend, indem
er die Rolle auseinander schlägt, und ihren
Inhalt, nach einer Arie im Don Juan,
absingt)

Meine Herrn und meine Damen,
Sehen Sie hier das Verzeichniß
Aller Narren, die die Weisheit
Je geliebt in allen Landen!
Babyloner und Assyrer;
Araber und Indianer;
Juden, Griechen und Chaldäer;
Christen, Copten und Armenier;
Weise mit und ohne Bärte,
In Provinzen und in Städten;
Ja sogar auch Weiber, Mädchen,
Angelangt aus fremden Landen,
Sind in diesem Thurm vorhanden!

Dreyzehn aus Spanien;

Funfzehn aus Portugall;

Zwanzig aus Frankreich;

Dreyßig aus England:

Aber aus Teutschland

Ein Tausend und Vier! —

Und nächstens erwarten wir noch einen eben so starken Transport!

Siebenter Auftritt.

Die Vorigen. Stopfkuchen und Schreibebald mit dem Markör aus dem Gasthofe hervortretend.

Schreibebald.

(notirend)

Ich habe doch in diesem Kaffeehause, vermittelst des Markörs, der ein-kluger

Kopf ist, eine Menge nützlicher Notizen erhalten.

Stopfkuchen.

S'ist um die Schwer'noth zu kriegen!
Nichts zu haben, als schlipprigtes, schleck-
rigtes Zeug; Milch, Sallat, Rühreyer
und so etwas, was all kein Nutz ist! Aber
ich will dem Kerl, dem Wirth, das Freß
zerblauen, daß er zeitlebens an mich denken soll, wenn er mir nicht zu Mittag ein
Paar gebratne Hühn'rl, oder deß etwas
auf den Tisch schafft.

Schreibebald.

Also alles, was wir hören, sehen,
schmecken, fühlen, riechen?

Markör.

Positive, oder negative Elektricität.

Schreibebald.

Wenn also Jemand einen Blumenstrauß an die Nase hält?

Markör.

Positive, oder negative Elektricität, ihr Gnaden!

Schreibebald.

Oder eine Sonate von Pleyl und Mozart auf dem Clavier spielt?

Markör.

Positive, oder negative Elektricität, ihr Gnaden!

Schreibebald.

Oder eine Hammelkeule mit Sauce und Schallotten ißt?

Markör.

Positive, oder negative Elektricität, ihr Gnaden!

Schreibebald.

Oder bey seinem Weibe schläft?

Markör.

Positive, oder negative Elektricität, ihr Gnaden!

Schreibebald.

Oder einem naseweisen Burschen, der ihn zum Besten hält, eine Ohrfeige gibt?

Markör.

Positive, oder negative Elektricität, ihr Gnaden! Was mich betrifft: so bin ich aber kein Liebhaber von der Elektricität, weder von der positiven noch der negativen! Auch halt' ich Ewr. Gnaden nicht zum Besten! — Wie sollt' ich mich auch unterfangen, einen so hohen Fremden — wie Ewr. Gnaden —— Höchstdieselben können sich, bey wem es Ihnen beliebt, in

Elektropolis erkundigen, und werden dasselbe erfahren.

Schreibebald.

Das ist der erste Markör in meinem Leben, der mit mir soviel über die Elektricität spricht!

Markör.

Dafür sind wir auch in Elektropolis, Ihr Gnaden, und im Wirthshause zur Leidnerflasche! Alles, was her geschieht, geschieht durch die Elektricität. Durch Elektricität wird hier gegessen — durch Elektricität getrunken — durch Elektricität geschlafen — und es ist sogar die Rede davon, daß nächstens die Sonne ab, und ein großer Elektrophor an ihre Stelle gesetzt werden wird.

Stopfkuchen.

Und wie steht es sonst? Ist Wiesen-
oder Stallfütterung bey euch eingeführt?

Markör.

Keine von beyden, Ihr Gnaden! Wie
Hochdieselben Selbst vorhin schon bemerkt
haben: wir bekommen hier all unser Zug-
und Schlachtvieh aus der Sonne!

Schreibebald.

Also die Ochsen?

Markör.

Aus der Sonne!

Schreibebald.

Die Pferde?

Markör.

Aus der Sonne!

Schreibebald.

Die Schafe?

Markör.

Aus der Sonne!

Schreibebald.

Und die Esel?

Markör.

Auch aus der Sonne. Ausgenommen, was hohe Herrschaften etwa von diesem Artikel mitbringen!

Schreibebald.

Und was hat es mit diesen Sonnenpfer-den, Sonneneseln, Sonnenrindern für eine Bewandtniß?

Markör.

Die, daß es nicht sowohl eigentliche Ochsen, Esel, Pferde und Schafe sind, son-dern nur kleine Urbilder und Modelle dazu, die aber, wenn man sie unter's Mikroskop

bringt, sogleich sich in Stoff bilden und
dazu anschießen.

Stopfkuchen.
Der Kerl ist verrückt im Kopfe!

Schreibebald.

Kein Zweifel! Hier liegt irgend ein
geheimer und von Jesuiten gespielter Betrug zum Grunde! Den muß ich aufklären! He, Herold! Komm und hilf mir
die Göttin selbst aufsuchen!

Herold.
Sogleich!   (mit ihm ab)

Stopfkuchen.
Und ich will mich indeß, in einem an-
dern Wirthshause, nach einer solideren
Speise umsehen! (geht die Straße herunter)

Martin und Marthe.

(zu dem Unbekannten)

Und wir — sind wir hier ganz sicher?

Unbekannter.

Die Göttin kommt nie oder selten anders in dieß Revier, als nach geendigtem
Umgang; aber bald werdet ihr aus der
Zahl der Unglücklichen, die zum Thurm
herben strömen, die Folgen ihrer Gegenwart
in der Stadt gewahr werden!

Achter Auftritt.

Die Vorigen. Ein Kind, das, wie
aus Instinct, dem Thurm zuläuft. Hinter
ihm seine Mutter.

Die Mutter.

Clementin, lieber Clementin!

Kind.

Was wollt ihr?

Die Mutter.

Kennst du mich nicht mehr? Ich bin ja deine Mutter!

Kind.

Ich habe keine Mutter!

Die Mutter.

Du hast keine Mutter?

Kind.

Nein! — Die Natur ist meine Mutter!

Die Mutter.

Und dein Vater, der dich gezeugt hat?

Kind.

Ich kenne keinen Vater! Mich hat Niemand gezeugt! — Es gibt keine Zeugung! — Alles, was ist, ist durch die Elemente entstanden. (ab in den Thurm. Die Mutter hinter ihm her)

Vater Martin.

Element! Ueber den Blißjungen, mit seinen Elementen! Seine Eltern zu verläugnen! Mutter Marthe, Mutter Marthe, nun wird mir auch um unsern Görgen bange! Gib Acht, das Ding läuft schief ab!

Unbekannter.

Das kommt auf die Art an, wie er die Göttin gesehen hat; denn gemeinhin sind die, die sie im Profil sehen, noch schlimmer daran, als die, die sie ihres vollen Anschauens würdiget! — Doch still — Ein zweytes Paar nähert sich so eben dem Thurme!

Neunter Auftritt.

Die Vorigen. Ein Vater mit
seinem Sohne.

Vater.

Schämst du dich nicht, mein Sohn, ein
halbes Jahr auf Universitäten zu seyn,
und mir auch nicht ein einziges Mal zu
schreiben?

Sohn.

Wie gesagt, mein Vater, alles in der
Welt ist Traum! — Euch träumt, daß
ihr mein Vater — mir träumt, daß ich
euer Sohn bin! Das Wunderbarste an
der Sache ist, daß unsre Träume so genau
zusammentreffen, und daß euer Traum nicht
Anno 1802 und der meine 1801 fällt!

Vater.

Bist du bey Sinnen?

Sohn.

Kurz und gut — vor Erscheinung des zweyten Theils des Idealismus konnt' ich euch nicht setzen; jetzt aber ist er da — und nun will ich auch versuchen, und mir alle mögliche Mühe geben, ob ich euch nicht construiren oder machen kann!

Vater.

Du willst mich machen? Naseweiser Bursch! Was hält mich ab, daß ich dir nicht auf der Stelle? — — Gleich den Augenblick geh mir aus den Augen, sag' ich, oder —

(will fort)

5

Sohn.

(der ihn zurückhält)

Aber die Wechsel, mein Vater, die Wechsel!

Vater.

Auch ich bin derweilen noch beym ersten Theile des Jdealismus, und du wirst es mir deßhalb schon zu gut halten, mein Sohn, wenn unsre Träume, was den Punkt der Wechsel betrifft, in Zukunft nicht mehr so pünktlich zusammentreffen, als sonst!

Sohn.

Sie werden doch nicht, mein Vater?

Vater.

Nenne mich nicht so, mein Sohn! Ich weiß, daß es blos von dir abhängt, auch mein Vater zu seyn! — Jetzt geh, schreib ein Buch über den Jdealismus; aber sieh

wohl zu, daß dein Traum, wenn es fertig
ist, nicht 1801, und der Traum des Buch-
händlers, der dir das Geld dafür zahlt,
nicht 1802 fällt!

(Beide ab)

Vater Martin.

Das ist recht! Ich hätte es auch so
gemacht! Aber was zum Henker ist das?
Ein nackendes Weibsen, und mitten unter
Männern? Das ist ja eine ganze Schaar
von Wallfahrtern und frommen Pilgern, die,
mit Kerzen, Kreuzen und Gnadenbildern,
ihren Einzug zum Thurme halten! Sagt
mir doch, Herr Unbekannter, was dieß zu
bedeuten hat?

Unbekannter.

Ihr werdet es gleich selbst aus ihrem
eignen Munde hören!

5 *

Zehnter Auftritt.

Die Vorigen. Prozession einer
frommen Brüderschaft.

Gesang.

Zu dir, Maria, heben
Wir Herz und Hand empor,
Aus diesem Jammerleben:
Neig gnädig Herz und Ohr!
Die Hochzeit wird begangen,
Der Bräutgam ist bereit:
Komm, Braut, ihn zu empfangen
Im weißen Unschuldskleid!
Daß eure Lampen brennen,
Drauf, Jungfraun, seyd bedacht!
Dich Sulamith zu nennen;
Willkommen Mirthennacht!

O Seelenhochzeit, Weide!
O Wonn', o Segensbrunn,
Im weißen Unschuldskleide,
Zu sehn holder Liebe Thun!

Vater Martin.

Ey, das sind ja gar gottselige, nach-
denkliche Männer! Wohl dem, dessen Kinder in so gute Gesellschaft gerathen!

Eine Mutter.

O lieben Leute, traut diesen schönen Worten, traut dem Anscheine nicht!
Die Unglückliche dort ist meine Tochter! —
Ernestine, liebe Ernestine! Komm zurück,
liebes Kind! — Was willst du dort unter
den fremden Männern im Thurme! —
Schämst du dich nicht, ohne Halstuch und
so — auf öffentlicher Straße umher zu
laufen?

Ernestine.

Mutter, vergeb' es euch Gott, was ihr
sagt! Ihr meint es gut, herzlich gut —
aber ihr faßt uns nicht! Die Energie des
Genialischen, so wie der schöne Muthwille
des Romantischen, ist vor euern Augen ver=
borgen! — Die Ursache ist, weil ihr noch
Kleider tragt! — Hört mich an! Es ist
dieß ein groß Aergerniß in der Gesellschaft!
— Es kann — es soll, — es muß einmal
aufhören! Die Starken unsers Geschlechts
sind hierin den Schwächern ein Beyspiel
schuldig! Ich fühle mich stark! Lebt
wohl! Geht nach Hause! Schließt die
Thüre zu! — Mein Weg liegt rechts, der
eure links!

Meine Reise geht in die Sonnenstadt,
Wo Niemand Kleider mehr nöthig hat;

Wo leuchtet's Lämmleins himmlische Kerz',
Und Lieb erfreuet das menschliche Herz;
Wo singen die Gläubigen, fern und nah,
Lob, Ehr und Preis, Hallelujah!

Chor der Wallfahrter.

Eya, Eya!
Wären wir da!
(mit Fähnlein und Kreuzen ab in den Rar-
renthurm)

Eilfter Auftritt.

Die Vorigen. Görge. Vater Martin.

Vater Martin.

Mutter Marthe, Mutter Marthe! Ist
das nicht unser Görge?

Die Mutter.
(freudig)

Der Görge, der Görge!

Nachbar Steffen.

Hab' ich dich endlich erwischt, du saubrer Zeisig?

Mutter Marthe.

Warum bist du vorigen Mittwoch, als ich dich mit den Eyern zu Markte schickte, nicht wieder nach Hause gekommen?

Vater Martin.

Ja — und warum hast du uns denn das Marktgeld unterschlagen?

Mutter Marthe.

Das wäre noch das wenigste — aber die Angst, die Sorge, die wir deinetwegen ausgestanden!

Vater Martin.

Je — und daß du indeß hier nackenden Weibsbildern nachläufst: pfuy, du solltest dich in deine Seele schämen, Görge! Bist du dazu erzogen? Hab' ich dich darum zur Kirche und Schule angehalten, daß ich nun eine solche Schande an dir erleben soll?

Görge.

Vater — Nachbar Steffen — Mutter Marthe — hört mich an! Ich bin euch entlaufen — das ist wahr — aber es ist nicht ohne! Es hat damit sein eignes Bewenden!

Mutter Marthe.

Wie so? Rede, verantworte dich, wenn du kannst!

Görge.

Ich habe auf dem Markte mit einem höchstweisen Manne, mit dem erhabensten aller Sterblichen, kurzum, mit einem Philosophen Bekanntschaft gemacht!

Vater Martin.

Der dir deine Eyer ablistete, nicht wahr? und dir dafür Narrenspossen in den Kopf setzte?

Görge.

Mäßigt euch, Vater! Die Eyer sind hier das wenigste! Aber was wahr ist, bey Gelegenheit der Eyer entspann sich zwischen uns ein Gespräch über die Frage: „was in der Welt wohl älter seyn möchte, das Ey oder die Henne?"

Nachbar Steffen.

Nun, die Henne, versteht sich, die Henne!

Görge.

Falsch; denn es kann keine Henne entstehen, die nicht zuvor aus einem Ey gekrochen ist.

Vater Martin.

Also denn das Ey?

Görge.

Wieder falsch! Denn es kann auch kein Ey geben, wenn nicht eine Henne da ist, die es zuvor gelegt hat! Es fragt sich also: wo und wann diese Henne ohne Ey, oder vielmehr, dieses Ey ohne Henne entstanden?

Vater Martin.

Nun, wenn du's weißt — so sag's!

Nachbar Steffen.

Ja sag's! — Du brauchst uns nicht so lange hinzuhalten!

Görge.

Geduld, das ist noch lange nicht die Hauptsache! — Die Hauptfrage nämlich, und worauf hier alles ankömmt, heißt: wie viel Arten von Eyern wir eigentlich in der Welt anzunehmen befugt sind?

Vater Martin.

Nun?

Görge.

Die Antwort ist — drey!

Vater Martin.

Drey?

Görge.

Ja! Erstlich das Urey, — das ist das Ey an sich, das ewig unveränderliche Ur-Muster- und Transcendental-Ey, nach dem alle andern Eyer in der Welt, so zu sagen, geformt und gemacht sind! Das ist das

Ey Gottes, das Ey aller Eyer, und hat das
für sich apart, daß es weder mit dem Messer gespalten, noch mit Salze gegessen werden kann!

Vater Martin.

Sieh, sieh!

Görge.

Zweytens: Dem Eye Gottes folgt das
Ey der Henne, was sich aber gegen das
erste so verhält, wie euer Ey von Kreide,
das ihr der Henne in's Nest legt, gegen
das wirkliche Ey des Huhns.

Vater Martin.

Curiose Dinge, die man doch erfährt!

Görge.

Dem Ey der Henne folgt Drittens, das
Ey der Philosophen oder das Poeteney!

Vater Martin.

Das Peetchen? Ey laß doch hören,
was es damit für eine Bewandtniß hat?

Görge.

Die, daß es dem Eye Gottes am näch=
sten steht!

Steffen.

Wie so? wie so?

Görge.

Weil es weder mit dem Messer gespal=
ten, noch mit Salze gegessen werden kann!

Vater Martin.

Aha, ich verstehe — das ist von den
Eyern, wie sie unser Herr Pfarrer in Ver=
sen legt —

„Dann besuch' ich jeden Tag
„Meinen kleinen Taubenschlag,
„Wo der weißen Tauben eine

„Brütet allerliebste kleine
„Länglich runde Eyerchen."

Görge.

Richtig, richtig!

Nachbar Steffen.

Aber sag mir nur Görge, was du mit
allen diesen Eyern vorhast, und welcher von
den drey Sorten du denn eigentlich den
Vorzug gibst? —

Görge.

Keine Frage; dem Ey Gottes, dem Ur-
und Musterey, d. h. dem Ey an sich, dem
Ey, aus welchem, so zu sagen, die ganze
Welt entstand!

Steffen.

Da hör' einmal ein Mensch den Hans
Dampf! Wie? Die ganze Welt wär'
aus einem Ey entstanden!

Görge.

Nicht anders!

Mutter Marthe.

Du ruchloses, gewissenloses, gottverges=
senes Kind!

Steffen.

Wie beweisest du das?

Görge.

Aus der Schrift!

Vater Martin.

Nun, Görge, fest in den Bügeln geses=
sen, falls du ein Schriftgelehrter bist!

Steffen.

Gib Red' und Antwort!

Görge.

Sagt mir zuerst, Nachbar Steffen:
heißt es nicht gleich im Anfang der Bibel
und im ersten Buch Moses: „Und die Erde

war wüst und leer, und der Geist Gottes
schwebte über dem Wasser?"

Steffen.

Ja, das ist wahr, so heißt es!

Vater Martin.

Da hör' einmal, Frau⸗⸗was der Junge
für ein Schriftgelehrter geworden ist! Das
Herz im Leibe lacht mir, wenn ich ihn so
schwatzen höre! —

Görge.

Nun frag' ich euch! Wie kann er
schweben, wenn er keine Flügel hätte?
Was aber Flügel hat, das ist auch aus ei⸗
nem Eye entstanden; folglich ist die Welt
aus einem Eye entstanden!

Vater Martin.

Richtig, richtig bewiesen!

6

Görge.

Und das ist auch allein die Ursache, warum er gemeiniglich als eine Taube abgebildet wird!

Vater Martin.

Bliß, das ist wieder wahr! Was man nicht alles zu wissen kriegt! Also — ich — du — Mutter Marthe — Nachbar Steffen — unser gnädiger Fürst, unser durchlauchtigster Erbprinz — wir alle, so viel Unser sind, wären, sammt und sonders, aus einem Eye entstanden? Komm her, Görge, daß ich dich dafür küsse! Aber sag mir nur, Bließjunge, da du so gescheidt bist, was du hier in Elektropolis und in dem vermaledeyten Narrenthurme zu suchen hast?

Görge.

Da es , wie die neusten Erscheinungen in der Physik beweisen, eigentlich ein Funken ist, der im Ey schlägt: so bin ich hier, Vater, wegen Bestätigung der neusten Eyertheorie, durch die Lehre der Elektricität, das Nähere einzuziehn.

Vater Martin.

Nun so will ich dich denn auch von deinen Geschäften nicht abhalten! Geh in Gottes Namen, mein Sohn! Ich will indeß hier, mit Nachbar Steffen und Mutter Marthen, ein kleines Frühstück unter der Linde einnehmen!

Görge.

(bleibt stehen)

Euer Kober scheint wohl bespickt !

6 *

Vater Martin.

Etwas Käse, Eyer, Speck, Wurst! Landmannskost, Görge! Ihr habt das alles hier in Elektropolis besser!

Steffen.

Theilt die Eyer, Gevatter Martin!

Vater Martin.

Hier ist das eure, Nachbar Steffen! Hier ist das deinige, Marthe! Und dieß hier behalte ich für mich!

Görge.

Und wo bleibt denn das meine, Vater?

Vater Martin.

Das deine? Du kriegst keins! Du hast das Ey an sich; das Ey ohne Salz; das Ey Gottes; das Ey aller Eyer; das

ewig unveränderliche. Transcendental- Ur-
und Musterey, wornach alle andern Eyer
in der Welt, so zu sagen, geformt und gemacht sind! (zu Görgen, der indeß mit dem
Kober davon springt) He da! Dieb! —
Steh! — Er ist fort! Komm, Mutter
Marthe! Komm, Nachbar Steffen, wir
wollen ihm nach! Die Luftschweinchen
der Philosophen, seh' ich wohl, haben ihm
doch noch nicht ganz den Appetit zu unsrer
Knackwurst benommen, und das Ey Gottes
kann ihm das Ey des Huhns doch nicht
ganz aus den Gedanken bringen! Das gibt
mir Hoffnung, daß er vielleicht noch mit
uns aufs Dorf zurückkehrt!

(Mit seiner Frau und Steffen ab)

Zwölfter Auftritt.

Unbekannter.

He! Meldet euch, wer sonst noch von Passagieren in der Sonnenstadt ein Gesuch hat!

Steuermann.
(oben in der Luftgondel)

Hier ist ein alter und ein junger Jurist!

Unbekannter.

Was bringt euch nach Elektropolis?

Alter Jurist.

Unser Streit— und das, was uns hier= her bringt, betrifft ebenfalls eine elektrische Erscheinung, nämlich den Blitz.

Unbekannter.

Laßt doch hören!

Alter Jurist.

In einem nachbarlichen, nahliegenden Sächsischen und Preußischen Gränzstädtchen hat der Blitz einen Mann an der Gränze erschlagen.

Junger Jurist.

Nun ist der Mann so gefallen, daß er mit dem Kopfe auf der Preußischen, mit den Füßen aber auf der Sächsischen Gränze liegt.

Alter Jurist.

Es fragt sich also, welches von beyden Territorien, das Sächsische oder das Preußische, gehalten ist, die Begräbnißkosten zu tragen, und den Mann, der sehr arm ist, zu beerdigen? Das, wo sein Kopf, oder das, wo seine Füße liegen?

Junger Jurist.

Ich sage, das, wo seine Füße liegen! Denn auf den Füßen stand er, als sein Kopf in's Preußische fiel!

Alter Jurist.

Und ich sage, das, wo sein Kopf liegt! Denn sein Kopf wollte in's Preußische, als seine Füße im Sächsischen standen.

Junger Jurist.

Der Kopf kann nichts ohne Füße!

Alter Jurist.

Und die Füße nichts ohne Kopf!

Junger Jurist.

Zuletzt haben wir uns dahin vereinigt, da der Blitz doch an Allem Ursache ist, daß die Entscheidung unsers Processes von dem Punkt der Streitfrage abhängen soll:

„ob der Blitz aus dem Preußischen oder
aus dem Sächsischen kam?" —

Alter Jurist.

Ich behaupte, aus dem Preußischen!

Junger Jurist.

Und ich, aus dem Sächsischen!

Alter Jurist.

Und nun soll die Göttin von Elektropolis in dieser Blitzaffaire entscheiden!

Junger Jurist.

Das ist die Meinung!

Alter Jurist.

Aber nicht ganz! Unser Streit hängt
zugleich auf's genaueste mit einem andern,
ich meine, mit der buchstäblichen Auslegung
der Gesetze zusammen!

Junger Jurist.

Gut, daß du ihrer gedenkst! Hier ist

ein zweyter Fall! Ein Schneider ward
von einem Lieferanten die Treppe herunter geworfen. Der Schneider brach den
Hals. Die Gesetze erkennen dem Lieferanten dafür das Schwert zu; aber da
erscheint nun dieser sein philanthropischer
Sachwalter, Clausenmacher und Rechts-
verdreher, verdreht durch seinen Sectionsbericht, Universitätenspruch u. s. w. den
klarsten Ausdruck der Gesetze, und bewirkt,
durch seine Hinterlist, daß der Schuldige
mit einer bloßen Geldbuße davon kömmt!

Alter Jurist.

Was du auch gegen mich vorbringen
magst: so war der Sectionsbericht doch
in diesem Falle sehr nothwendig; besonders, da sich aus ihm ergab, daß, obgleich der Schneider eigentlich unten an

der Treppe den Hals brach, ihn doch schon oben aus Aergerniß über die Schimpf, reden, die der Lieferant gegen ihn ausge, stoßen, der Schlag gerührt hatte; daß folglich das Halsbrechen, in diesem Fall, als ein bloßes Accossorium, und der Inculpat daher zwar Injuriarum, aber keineswegs Mord und Todtschlag's wegen zu belan, gen sey.

Junger Jurist.

Solche Schlupfwinkel, seht ihr, findet er nun beständig. Da hängt kein Dieb so sicher, daß er ihn nicht vom Galgen losschneidet, und keine Thür des Zuchthau, ses ist so fest, daß er sie nicht öffnet! Außerdem hat er noch einen Vetter iu seinem Gefolge, der, aus heilloser Philan, thropie, die Kerker aller vier Welttheile be,

reift, und fie, fammt und fonders, nicht
licht und geräumig genug findet. Wie
fehr deffen empfindfame Declamationen und
philanthropifche Saalbaderenen mir zum
Efel find, kann ich Euch kaum mit Worten befchreiben! So hat er nur noch
neuerlich, zu meinem großen Aergerniß,
proponirt, die Zucht- und Arbeitshäufer
in Teutfchland gehörig mit Matraßen,
Betten, Tifchen, Stühlen u. f. w. zu ver-
fehen!

Alter Jurift.

Ein folches Anfuchen ift billig, und
was haft du gegen einen fo menfchenfreund-
lichen Vorfchlag einzuwenden?

Junger Jurift.

Nichts, als daß man dadurch die Zucht-
häufer zuleßt in eine Art von Pfleg- und

Armenanstalten verwandelt, und aller Zweck der Strafgesetze dadurch gänzlich eludirt wird!

Alter Jurist.

Stühle und Bänke sollten in jedem wohlorganisirten Zuchthause seyn!

Junger Jurist.

Ey freylich! Auch Sophas! Besonders, wenn man bedenkt, daß es meistens Vagabunden und Landstreicher sind, die man hier einbringt! Leute, die so weit gelaufen sind, müßten doch wohl wenigstens Stühle finden, worauf sie sich niedersetzen und ausruhen könnten!

Alter Jurist.

An diesen terroristischen Gesinnungen und rigoristischen Reden merkt ihr wohl, mit wem ihr es zu thun habt; nämlich mit einem Mann, der uns gern das ganze Schreckſyſtem der Carolina wieder auf den Hals bringen möchte!

Junger Juriſt.

Beſſer ein ſtrenges Geſetz, als gar keins, oder eins, wo der Richter, jeden Augenblick, ſeine Willkühr dem beſtimmten Willen des Geſetzes unterſchiebt! —

Alter Juriſt.

So denkſt du alle abſoluten Formeln der Carolina, „über Ehebruch, Blaſphemien, Fleiſchverbrechen‟ u. ſ. w. in unſern aufgeklärten Zeiten wieder geltend zu machen?

Junger Juriſt.

Wo es Noth thut — ja!

Alter Juriſt.

Du raſeſt! — Wie ſtände es dann um das Leben der meiſten Staatsbürger?

Junger Jurist.

Nicht zum besten — das räum' ich ein; denn so viele Köpfe ich hier um mich herum sehe — recht fest auf den Schultern sitzt keiner! Aber was thut das? Ist nur dem Gesetz erst sein Recht geschehen: so mag hernach der Fürst, als erster Repräsentant des Staats, begnadigen, wo und wen er will!

Alter Jurist.

Da erzeigst du ihm warlich einen schlimmen Dienst, wenn du ihm zumuthest, drey Viertel seines Tags damit zuzubringen, daß er die Hälfte seiner Unterthanen vom Schwerte, vom Strick, vom Säcken u. s. w. lospricht! —

Junger Jurist.

Das steht nun einmal nicht zu ändern!

Unbekannter.

Ihr scheint beyde ein Paar aufgeklärte, wohlwollende Männer zu seyn! Vereinigt euch Beyde zur Abfassung eines neuen Gesetzbuchs und zur Abschaffung jenes lächerlich strengen Coder, der unsern Zeiten so wenig angemessen ist! (zum Ersten) Deine Milde entwerfe ein neues Gesetzbuch; (zum Zweyten) und deine Strenge sorge für buchstäbliche Vollstreckung!

Alter Jurist.

Ich bin es zufrieden!

Junger Jurist.

Dagegen läßt sich nichts einwenden!

Alter Jurist.

So sind wir einig!

Junger Jurist.

So gehen wir nicht nach Elektropolis!

Steuermann.

Sieh doch zu, da dir dieß so gut ge=
lungen ist, ob du hier die zwey Theologen
nicht eben so zufrieden sprechen kannst!

Unbekannter.

Ich will es versuchen!

Alter Theolog.

Nein, länger ist es nicht auszuhalten!
Alles erklärt mir dieser junge Schrifterklä=
rer durch Elektricität! Der Engel, mit dem
feurigen Schwerte: — Elektricität! Die feu=
rigen Zungen der Apostel: — Elektricität!
Der Engel, der dem Esel Bileams in den
Weg tritt: — Elektricität! — So will ich
denn doch einmal in Elektropolis selbst
zuhören, was es mit all dieser Elektricität
für ein Bewenden hat!

Junger Theolog. (zu dem Unbekannten)

Dieser Mann ist ein Feind der Aufklärurng und des Lichts: er glaubt steif und fest an eine ausschließliche Offenbarung!

Alter Theolog.
(ihn gegenseitig bezeichnend)

Und dieser Mann glaubt an gar keine!

Unbekannter.

Da habt ihr beyde unrecht!

Alter Theolog.

Wie? Es sollte unrecht seyn, den Glauben unbedingt anzunehmen?

Junger Theolog.

Oder unrecht, den Glauben unbedingt zu verwerfen?

Unbekannter.

Den jedesmaligen Umständen gemäß!

(zum alten Theologen) Zuerst, worauf gründet
sich dein Wunderglaube?

Alter Theolog.

Auf Zeichen und Wunder — auf die Geschichte!

Unbekannter.

Das thut mir Leid!

Junger Theolog.

Das ist eben, was ich ihm so oft sage:
„Sprich, wer sah die heil'gen Wunder-
thäter?
„Wir? — Nein, unsre Ur-Ur-Aeltervätter!
„Warum die? Und wer bürgt uns dafür?
„Lies! Hier steht's! Kannst du Arabisch
lesen?
„Dieses Buch ist göttlich! — Großes Wesen,
„Immer Bücher zwischen dir und mir?

7 *

„Dunkel sind mir diese Charaktere! —
„So tritt her, daß ich sie dir erkläre!
„Und wer bist denn du? — Ein Mensch
                                gleich dir! —
„Irrst du nicht? — Mit mir hat's Li
                          gelesen! —
„Und der ist kein Mensch? — Erhabnes Wesen,
„Immer Menschen zwischen mir und dir?"

Alter Theolog.

Und hast du einen bessern Grund?

Unbekannter.

Ich sollte meinen!

Alter Theolog.

Mache mich mit ihm bekannt!

Unbekannter.

„Im Dunkel nicht der Todtengrüft',
„Im tiefsten Menschen = Innern:
„Da strahlt es kennbar, heil'ge Schrift,

„Ein selig Gotterinnern!

„Am Quell hier, der Jahrtausend in

„Jahrtausend sich ergossen,

„Hier niederkniet mit heil'gem Sinn;

„Hier schöpfet unverdrossen!"

Hier, oder nirgend, in dieser ältesten, unverfälschten Offenbarung ist der Grund und Prüfstein aller übrigen zu suchen! Was mit dieser übereinstimmt, ist göttlich; was dieser widerspricht, ist verwerflich, unlauter, und wär es auch vorgeblich mit einer Feder aus dem Fittig des Engels Gabriel geschrieben! Ich will mich an einem Beyspiele erklären. — Wenn Jemand, dem der Engel Gabriel in der Nacht, im Traume, erschienen wäre, mich versicherte, durch diese Erscheinung seines Glaubens an die Unsterblichkeit gewiß geworden zu

fenn: so würde ich es für unerlaubt, ja
für grausam halten, ihn in diesem from=
men Glauben zu stören. Wenn er ferner
fortführe, sich seiner besondern Eingebungen
zu rühmen, z. B. daß ihm der Engel geof=
fenbaret, daß wir in jener Welt nicht einen,
sondern zwey Köpfe haben würden: so
würde ich lachen, und anfangen seinen ei=
nen Kopf in dieser Welt ein wenig in
Zweifel zu ziehen. Wenn er aber darauf
so wenig Scherz verstünde, daß er zuletzt
seinen Mantel auseinanderschlüge, und
mir in einem türkschen Säbel oder Ra=
vaillacschen Beichtmesser den ausdrückli=
chen Befehl des Engels Gabriel: „Jedem,
„der nicht glauben wollte oder könnte, daß
„wir in jener Welt zwey Köpfe haben
„würden, in dieser Welt seinen einen her=

„unterzuschneiden,“ notificirte: so würde
ich es für die höchste Zeit halten, einen
solchen Narren der Polizey zu überliefern
und ihn binden zu lassen. Mit diesem
Verfahren ist so fort die Stufenleiter und
der Maßstab für jede Art von Offenbarung im Staate gegeben. Achtung dem
Glauben — Spott dem Schwär-
mer und Verfolgung dem Verfol-
ger!

Junger Theolog.

Mit Beschämung gesteh' ich, daß ich
diese Stufenleiter zuweilen verfehlte!

Unbekannter.

Die Achtung, die dem frommen Kin-
derglauben der Völker gebührt, hat schon
Mancher durch frechen Spott, oder ein
überkluges Exegesiren verletzt, und büßt

seine Keckheit nun durch einen bestimm-
ten Aufenthalt in dem Narrenthurme.

Alter Theolog.

Auch mir fällt eine Decke von den
Augen, und ich bin fest entschlossen, mit
Aufgebung des historischen Beweises, der
auch Irrthümern gemein ist, in Zukunft,
mehr auf die innere als auf die äußere
Offenbarung mein Vertrauen zu setzen!

Junger Theolog.

So gehen wir zusammen!

Alter Theolog.

So bewirkt fortan vereintes Wirken
das Beste der Menschheit!

Unbekannter.

Wie es scheint, haben wir alle Facultä-
ten in unsrer Luftgondel! He, Apotheker,
und du da, Doctor!

Apotheker.

Zu läugnen ist es nicht, daß wir Apotheker jetzt vor allen andern gerade am
schlimmsten dran sind! Wahr is's, der
Kompaß, die Magnetnadel und die Schifffarth haben uns mit Krankheiten ein wenig aufgeholfen, und die Kojaffi, die
Chapetonnade, die Vows wären
uns, ohne die große Maskopey, die
alle vier Welttheile mit einander getrieben,
völlig unbekannt geblieben. So gab uns
Amerika die Lustseuche und die Kartof-
feln: und wir haben ihm, aus Dank-
barkeit dafür, das Schießpulver übermacht!
Es ist schwer zu entscheiden, welches von
diesen beyden Geschenken, in einem oder
dem andern Welttheile, die größten Ver-
wüstungen angerichtet, ob die Lustseuche

unter Uns, oder die Spanier, mit ihren
großen Hunden und Zwanzigpfündern, in
Peru? — Es ist noch nicht so gar lange,
(1733) daß wir die Pocken nach Grönland,
und eben dieses Uebel etwas später (1768)
nach Kamtschatka brachten, wogegen wir von
den Lappen Kojaffi und tüchtige Kröpfe
eintauschten. Aber hilft die Schifffarth so
auf der einen Seite unserm Gewerbe auf:
so thut sie ihm auf der andern Seite auch
oft den bittersten Abbruch. Die Arzneymittel haben oft einen Eigensinn, daß
nichts darüber geht. Seit dem z. B. 1779
ein Englischer Kaper ein Amerikanisches,
mit rother Chinarinde beladnes, Schiff
genommen hatte, wollten die Quartan-
und andere Fieber der braunen Chinarinde
allerdings nicht mehr weichen. Zum Glück

erinnerte sich ein speculatives Handelshaus,
daß es noch Fernambuck in der Welt gäbe.
Einige tausend Pfund wurden so fort in
den Kessel geworfen, roth gefärbt, und
nun ließen sich wieder die Fieber, nach
wie vor, mit brauner Chinarinde curiren.

Unbekannter.

Was für Artikel in deinem Waarenla-
ger finden jetzt wohl am besten ihren Ab-
gang?

Apotheker.

Ach, mein Herr, durch diesen vermaledeyten Brownianer ist mir meine schöne
Materia medica beynahe ganz zusammen-
gerückt! Die guten Zeiten sind vorbey!
Der alte Respect ist eben fort! O du
schönes Vertrauen auf die liebe Menschheit! Bald wird es vielleicht so weit kom-

men, daß man nicht mehr dem Pottfisch
das Gedärme aufschneidet, und, in seinem
Unrath, nach Parfüm für die Nasen der
Reichen wühlt! Ambra, 144 Thaler das
Pfund, scheint schon vielen enorm theuer!
So weigert man sich auch, hier und da,
den Mohren, unter dem Namen Storax,
ihre beschmierten Sägespäne abzulaufen;
und wenn man einige Fleischfasern im
Moschus entdeckt: so ist das ein Aufhe-
bens, als wäre die Welt los! Was ist es
denn aber mehr? 320 Thaler das Pfund
ist kein Geld! Wenn man in China und
Japan selbst ihn gegen Silber aufwiegt:
wie kann man für eben so wohlfeile Preise,
in Teutschland, unverfälschte Waaren ver-
langen? Ein Specialissimus indeß von
mir hat mir das Arcan entdeckt, durch

Aufhängung des Moschus in meinem Se=
cret ihn wieder zu Geruch und Farbe zu
bringen! Wenn ich bitten darf — keine
Widerrede! Die Holländer mischen unter
jedes Pfund Jalappe ein halbes Pfund
Colophonium. Dieß thun sie, als unerfahrne
Kaufleute: warum sollte denn einem kunst=
erfahrnen Apotheker nicht das Nämliche
freystehn?

Wenn sonst einem vornehmen Gichtpa=
tienten plötzlich ein Rheumatismus, oder
dergleichen, ankam: vergnügte es ihn gar
sehr, wenn er auf seinem rothen Damast=
kissen dalag, von der Güte und Weisheit
Gottes zu hören, und wie dieser, bey
Gründung des vierten Welttheils, schon
auf ihn und seinen Rheumatismus Rück=
sicht genommen, und daher in Kamtschatka,

auf den höchsten Gipfeln der Schneegebirge,
in der Nachbarschaft des Mondes, das Si-
birische Schneeröslein habe wachsen lassen,
das eben, weil es in dem kältesten Himmels-
strich gewachsen, auch anedrücklich für die
Verkältung hoher Standespersonen bestimmt
sey! — Ist es nicht sündlich, daß, da
unsere Gottrühmenden Vorfahren sich durch
Speisung alter, acht bis neunhundertjähri-
ger Mumien, aus den Apotheken, ein lan-
ges und glückliches Leben gefristet, wir
dieses confortative und höchst leßbare Heil-
mittel blos deshalb unachtsamer Weise
aus der Acht gelassen, weil, unter dieser
Rubrik, die Juden, in den schwülen Straf-
sen von Cairo, es je zuweilen für gut
befinden, uns einige, in ägyptischen Schorn-
steinen frischgeräucherte, Mamelucken, als

ächte Specereywaaren zukommen zu laſſen? Wo will das hin, wenn wir, bey
Nehmung von jeder Arzney, ein ſolches
Bedenken tragen, oder ähnliche Scrupel
erregen? Schon ſagen die Spötter, die
Biſamthiere würden ſogleich aufhören, ihre
Beutel in die Apothekerbüchſen auszulee-
ren, wenn wir nur erſt müde würden,
die unſrigen hinzuhalten! Amerikaniſche
Brechwurzel, das Pfund 10 Thaler, ſey
Ueberfluß: zwey Kreuzer Brechſtein thäten
es auch wohl! Ich glaub' es ebenfalls;
denn je wohlfeiler, je lieber dem Volk! Aber
wir armen Apotheker, was ſoll aus uns
werden? Alles curirt ſo ſchön aus einem
oberſten Princip! Geſtärkt, oder ge-
ſchwächt — das iſt jetzt die Praxis! Die
gemeine Empirie, ſo wie die Klyſtierſprü-

ßen, sind an den Nagel gehangen! Was
will man sagen? Gibt es doch jetzt Ho-
spitäler in Teutschland, wo man die Pa-
tienten, aus Furcht sie zu schwächen, vier
Wochen verstopft läßt! — Die Weinfla-
sche und der Schinken, zum Anbiß, die
sonst für den Doctor auf dem Tische stunden, muß sich jetzt der Kranke zu Gemüthe
führen! — Kurz, seitdem die Treſſen von
den Kleidern der Aerzte verschwunden sind,
hat sich auch in unsrer Wissenschaft eine
bedenkliche Krisis ereignet! Viele haben
sogar schon darauf angetragen, die Paar
Quentchen Zinnober, die zwar zu nichts
helfen, aber dem rothen Herzpulver doch
eine so schöne und frische Farbe geben,
so wie auch die zerhackten Goldblättchen
aus dem Markgrafen-Pulver zu verban-

nen; aber ich sage: als der Zinnober in
den rothen Herzpulvern, und das Gold in
den Markgrafenpulvern aufkam, da stand
es auch besser mit uns, da war noch
Gold an den rothen Röcken der Doctoren,
und Silber an den Westen der Apotheker!
Jetzt sind wir alle miteinander arme Teu=
fel! Punctum! Sapienti sat!

Unbekannter.

Und in welcher Absicht bist du hierher
gereist?

Apotheker.

In doppelter! Zuerst sollt ihr wissen,
Herr, daß die Leiber unsrer Reichen, seit
einiger Zeit, wahrhaft acrostatische Ma=
schinen geworden sind, in denen und an
denen herum man so viel und so lange
mit Austerschalen und Vitriolsäure hand=

8

thiert und experimentirt, bis der Tod zu
einer glücklichen Abfahrt schleunigst das
Seil löst. Darum hab' ich mich hier ein=
geschifft, um einige Griffe bey den neuen
Luftkünstieren abzusehen. — Zweytens. Da,
wie ich höre, Schmecken, Sehen, Hören,
Fühlen, Riechen, ja die Zeugung selbst,
in der neuen Zeit nichts weiter, als ne=
gative oder positive Elektricität ist: so bin
ich hierher gekommen, mich davon zu ver=
gewissern, und nebenbey mir einen Gal=
vanischen Apparat anzuschaffen.

Brownianer.

Dazu will ich dir behülflich seyn! Was
mich hierher führt, ist die Entdeckung des
höchsten Princip's in der Physik und Arze=
nen, das aufs genaueste mit der Elektrici=
tät zusammenhängt, und dessen Ursprung

folglich allein iu Elektropolis zu suchen
ist! —

Unbekannter. (auf den Apotheker deutend).

Und wie beantwortest du dieses Vor-
würfe?

Brownianer.

Sie beantworten sich von selbst!

Unbekannter.

In der That — die Vereinfachung der
Arzneymittel ist allerdings ein Verdienst,
das ich an dir zu schätzen weiß!

Brownianer.

Die Kalendersprüche und Bauernregeln
müßten freilich einmal aufhören!

Unbekannter.

Ich wünsche dir Glück dazu; aber dieß
Aufhören wird dir nichts helfen, wenn
nicht dadurch auch bey dir der Geist der

8 *

Beobachtung auf die Natur selbst doppelt
geschärft wird!

Brownianer.

Wie verstehst du das?

Unbekannter.

So schön es klingt, wie die Philosophie
Gott und die Welt schafft: so schwer ausführ-
bar ist doch jede, auch die glänzendste Idee,
wenn eine treue Beobachtung der Natur ihr
nicht hülfreiche Hand bietet! Du lächelst —
du willst davon nichts hören — dir ist die
Idee alles, auch ohne Natur! Glück auf
dann zum neuen Fluge des Ikarus, den
auch du versuchen, zu dem bodenlosen Wege
des Imaginantismus, *) den auch du mes-

*) Zur Erklärung dieses Ausdrucks verweise ich

fen wirft! Auch dich ergreift der Schwindel
der Zeit, die Krankheit, der Strudel un-
fers Jahrhunderts! Dein Loos ift gezogen!
Es ift unvermeidlich! Deine Schweftern,
die Politik, die Philofophie, die Poefie
find dir vorangegangen! — Laßt ihn herunter! Ein Aufenthalt von einigen Mo-
naten im Narrenthurme wird ihn vielleicht
wieder zur Vernunft bringen!

Steuermann.

Noch ein Paar Originale vom ganzen
Truppe find übrig; willft du: fo laß ich
dir auch diefe aufmarfchiren!

Unbekannter.

Wie heißen fie?

auf die Charakteriftiker im vorigen Jahrgang des
Tafchenbuchs.

Steuermann.

Es ist ein Bürger- und ein Weltphilanthropiste!

(bringt sie zum Vorschein)

Unbekannter.

Bürgerphilanthropiste, was führt dich
nach Elektropolis?

Bürgerphilanthropiste.

Die Erziehung für den Staat. Da Jeder bestimmt ist, im Staate irgend ein Gewerbe, sey es ein Schneider-, Schuster- oder
Ministergewerbe zu treiben: so versteh' ich,
unter Erziehung für den Staat, die Kunst,
ihn für sein Metier, sey es nun, daß es
die Nadel, den Pfriem oder die Schreib-
feder zum Gegenstande hat, gehörig abzu-
richten.

Unbekannter.

Das ist löblich! Aber die Menschen sind doch eher Menschen, als sie Schuster, Minister oder Schneider sind: was thust du für sie in dieser Rücksicht? Was ist's, was du sie von Erde, Luft, Wasser, Feuer, Pflanzen, Sternen, Thieren, Gott, Welt, Menschen, ihrer Bestimmung u. s. w. wissen läß'st?

Weltphilanthropiste.

Nichts! Und das ist eben mein ewiger Zank mit ihm und Seinesgleichen! Ich bin nämlich ein Weltphilanthropiste, und durchaus für eine Encyclopädische Ausbildung!

Unbekannter.

Bey dem großen Umfang der Wissenschaften ist das ein stolzes Wort!

Weltphilanthropiſte.

Ich bekümmre mich ſchlechterdings nicht darum, ob die Jungen einſt Schneider, Schuſter oder Miniſter im Staate werden ſollen: ich bilde ſie zu Menſchen!

Unbekannter.

Laß hören, wie du dieß anfängſt!

Weltphilanthropiſte.

Ich lehre Sie allerley Menſchliches!

Unbekannter.

Zum Beyſpiel?

Weltphilanthropiſte.

Tanzen, Reiten, Fechten, Singen, Clavierſpielen, Purzelbäume machen, auf dem Kopfe ſtehen, auf einer Planke laufen, Sprachen, neuere und alte, Tranchiren, Equilibriren, Voltigiren, Algebra, Zeich-

nen, Mathematik, Phyſik, Numismatik —
Heraldik —

Bürgerphilanthropiſte.

Und das Ende vom Liede iſt, daß er ſie
in allen dieſen Dingen zu Stümpern bil=
det, die, wenn ſie mit einem ordentlichen
Virtuoſen, in irgend einem dieſer Fächer,
zuſammen treffen, ſich nur proſtituiren und
lächerlich machen.

Weltphilanthropiſte.

Du nimmſt es zu ſtrenge!

Bürgerphilanthropiſte.

Und du zu ſchlaff! Oder glaubſt du,
durch das Löſen von ein Paar mathemati=
ſchen Aufgaben, oder das Nennen von ein
Paar Sternbildern, die Jungen zu künfti=
gen Lalanden und Käſtnern umzubilden?
Du irrſt! Dieſe Methode macht ſie eben

so wenig da u, als sie dadurch, daß du
mit ihnen alle Werkstätten der Schuster
durchläufst, einen Schuh machen lernen!

Unbekannter.

Dieser Vorwurf scheint mir nicht unge-
gründet; doch ist auch in deiner Erziehung
für den Staat, Bürgerphilanthropiste, das
Nachtheilige, daß sie einen zu mechani-
schen, und, wenn ich so sagen darf, einen
gewissen Professionistenzuschnitt hat! Offen-
herzig gesprochen, wenn du das Gilden=
mäßige deines Unterrichts nicht bald ab-
legst: so wirst du, auf diesem Wege, nie
etwas anders, als Minister=Schneider und
Minister=Schuster erziehen, die ihr Depe-
schen= und Schuhflickergewerbe zwar tüch-
tig forttreiben; übrigens aber in einer sell-
gen Beschränktheit alles übrigen leben.

Bürgerphilanthropiste.

Ich gebe zu, daß dieß ein Fehler ist; aber wie ist ihm abzuhelfen, ohne zugleich der Gründlichkeit der höhern Wissenschaften Abbruch zu thun?

Unbekannter.

Ich weiß ein Mittel; aber ihr beyde seyd eben nicht sehr geschickt, es einzuschlagen!

Bürgerphilanthropiste.

Wie so?

Weltphilanthropiste.

Warum das?

Unbekannter.

Zuerst müßten die Erzieher selbst erzogen seyn!

Bürgerphilanthropiste.

Wer soll sie erziehen?

Unbekannter.

Die Kunst. — Ihr ist es allein vorbehalten, das Göttliche von allen Wissenschaften rein abzusondern, und es für Jung und Alt, für Weib und Kind, in einer Sprache, die selbst den Kenner entzückt, und selbst dem Blödesten verständlich ist, auszusprechen!

„Der Schätze, die der Denker aufgehäufet,

„Wird er in ihren Armen erst sich freun,

„Wenn seine Wissenschaft, der Schönheit
                                    zugereifet,

„Zum Kunstwerk wird geadelt seyn!‟

Nur die Kunst gibt die Lineamente einer echt menschlichen, encyclopädischen Ausbildung, die mit der tiefen Gründlichkeit im Wissen und Erkennen im engsten Bunde steht!

Weltphilanthropiste.

Wie? so gäbe es etwas, das noch über mein encyclopädisches Streben hinausginge, und vor dem dieses sogar in einer gewissen Seichtigkeit da stünde?

Unbekannter.

So scheint es!

Bürgerphilanthropiste.

Was? die Gedichte des Homer wären eben so wichtig für den Staat und die Menschheit, als die Anlegung von Industrieschulen, die Erfindung des Spinnrockens, das Datum vom ersten Brauen der Braunschweiger Mume, oder von der Schleifung Florentinischer Brillengläser? — Nimmermehr!

Dreyzehnter Auftritt.

Die Vorigen. Schreibebald mit dem **Herold.**

Stimmen. (hinter der Scene)

Die Göttin, die Göttin!

Unbekannter.

Geschwind in die Vorhalle des Thurms, damit uns ihr Anblick nicht verderblich werde! Ihr Andern bleibt indeß in dem Luftschiff!

(mit den Uebrigen ab)

Eine Alte.

(die eilig über die Straße und dem Gasthofe zueilt.)

Die Fenster, die Thüren zu! Die Gardinen vorgezogen! Die Kinder fort! Sie kömmt, sie ist da! (ab)

Schreibebald.

Wer?

Die Alte.

Die Göttin!

Schreibebald.

Ich wank und weiche nicht!

Herold.

Eures Beliebens! Doch ihr werdet es gewiß bereuen!

Die Göttin der Weisheit.

(verhüllt und in einem undurchsichtigen Schleyer)

Wer bist du, der du es wagst, gegen mein ausdrückliches Gebot, mir, in dieser ungewohnten, bedenklichen Stunde, entgegen zu treten?

Schreibebald.

Ich bin Schreibebald, Schmierts Sohn!

Die Göttin.

Dein Name, wie der deines Vaters, ist von böser Bedeutung!

Schreibebald.

Zieh den Schleyer!

Die Göttin. (die ihn zurückweist)

Schwacher Sterblicher!

Schreibebald.

Ich bin gekommen, das Licht der Auf=klärung in Elektropolis zu verbreiten!

Die Göttin.

Deiner Aufklärung!

Schreibebald.

Ich unterziehe mich der Auflösung dei=ner drey Fragen!

Die Göttin.

Wohlan!

Schreibebald.

Frage!

Die Göttin.

Was ist Gott?

Schreibebald.

Ein Stichblatt für Witz und Aufklärung; ein amüsantes Thema zu Katheberdisputationen; wenn's hoch kömmt, ein Popanz, der aushilft, wo man mit Policeyanstalten nicht mehr auslangt!

Die Göttin.

Unwürdiger! — Und was ist die Welt?

Schreibebald.

Die Schule des Witzes und des guten Geschmackes! Die einzige Anstalt zu einer ächten und wahren Menschenbildung für junge Leute! Besonders gilt dieß von Höfen und Residenzstädten! In ihnen wurden von

9

jeher die größten Köpfe der Nation gebildet, wovon ich selbst ein unverkümmertes
Beyspiel abgebe!

Die Göttin.

Und was ist der Mensch?

Schreibebald.

Ein zweygabligtes, unbefiedertes Thier,
das seinen Kohl in Ruhe bauen, zweymal
die Woche die Ressource besuchen, die Messe
bereisen, und wenn er es nobel treibt, den
Armen seines Kirchspiels ein monatliches
Allmosen geben soll!

Die Göttin.

Und Höheres kennst du nicht?

Schreibebald.

Ich bin kein Freund von der doppelten
Buchhaltung, wovon die eine im Himmel
und die andere auf Erden ist! Das Schrei-

ben im Rechnungsbuch ist die Hauptsache,
und kann den Engeln, im Buch des Lebens, viele Federstriche ersparen!

Die Göttin.

Also keine Hoffnung? keine Beruhi-
gung? kein Glaube an eine bessere Zukunft?

Schreibebald.

Glaube? Ich liebe die Mährchen der
Dichter; ich hasse die der Ammen, und
verabscheue die der Priester! Wohl weiß
ich, daß ihr hier in Elektropolis anderer
Meinung seyd; aber eben deßhalb bin ich
hergekommen, um mit dem Lichte der Aufklärung diese Nebel des Vorurtheils zu
zerstreuen!

(Will ihr den Schleyer abreißen. Blitz und
Donnerschlag. Indeß die Wände des Nat-

9 *

renthurms im Wetter zusammenfallen, sinkt
Schreibebald betäubt und bewußtlos zu Bo-
den. Im Hintergrunde öffnet sich eine
weite Halle. Narren verschiedener Art,
die, auf ihren Sitzen umher, der eine so,
der andre anders beschäftigt sind. Mitten
unter ihnen der Unbekannte. Oben die
Göttin, verschleyert und in Wolken.)

Vierzehnter Auftritt.

Bewohner des Narrenthurms.
Die Vorigen.
Erster Narr.
(fantastisch aufgestutzt)

Wie viel mal soll ich's Euch noch sagen,
ihr Narren und Strohköpfe? Sechs Tausend Jahre sind es nun her, daß ich die
Welt, mit Sonne, Mond und Sternen, und
Allem, was drin und drauf ist, aus Nichts

erschaffen habe; aber ihr nehmt keine
Notiz davon! Ich bin Gott Vater, sag'
ich Euch nochmals, ihr Schurken, und hab'
Euch hier von allen Nationen der Erde
zusammenberufen, damit ihr mir, über mich
selbst, die Entstehung der Welt, und meine
übrigen Eigenschaften, eure Meinung rund
und grade heraussagt! Du da, Aegyptier,
nimm zuerst das Wort, und sage mir: wer
bin ich?

Aegyptier.

Ich kenne dich wohl, du bist Kneph!
Die Welt entsprang aus einem Ey, das du
lau in deinem Mund hieltest. Meine Väter haben dich von Alters her angebetet,
und wenn du bey mir, als Hauskatze, wohnen willst, sollst du es auch gut haben,
und mir willkommen seyn! Gestern Abend

hab' ich dich, als Zwiebel, in meinen Gär-
ten gepflanzt; über acht Tage will ich
dich umhacken, und wenn dich indeß die
Hühner nicht ausscharren: so will ich, mit
dem kommenden Neumonde, vor dir nieder-
knieen und dich anbeten!

Ein Bramine.

Gößendiener, mit deinen Hühnern und
deinen Zwiebeln — Hör auf! Läftre nicht
Brama! Ich kenne dich beffer, erhabnes
Wesen, du bist Brama! — Einige von
uns Braminen haft du aus deinem Kopfe,
andre aus deinem Leibe, noch andre aus
deinem Hintern erschaffen! Was mich, den
Leßten deiner Diener, betrifft, und obgleich
ich nur einer der Hinterften bin, der dir
feinen Ursprung verdankt: so hoffe ich doch,
vermittelft dieses Schlägels und dieser Klei-

nen Nägel, wovon ich täglich fünf und
zwanzig in meinen Hintern schlage, in den
fünf und zwanzigsten deiner Himmel einzu-
gehn, indeß ihr alle nur bis in den siebenten kommt!

Unbekannter.

Dein Stolz wird anmaßend, Bramine!
Ich kenne manchen ehrlichen Mann, der
dreymal die Woche mehr für Allmosen
ausgibt, als dir alle deine Nägel kosten,
die du dir in den Hintern schlägst!

Ein Thibetaner.

Herr, gedenke mein, wenn du auf deinen
Leibstuhl gehst!

Erster Narr.

Ich will es mir notiren! Was wünscht
dieser Mann?

Thibetaner.

Kügelchen,' Herr, von deinem Kothe!
Mächtiger Dalai-Lama, gib sie mir! Ich
will sie auf das Heiligste aufheben, und sie,
wie ein Amulet, an meinem Halse tragen!

Ein Sinese.

(der sich dem ersten Narren nähert, und ihm
etwas in's Ohr sagt)

'Dieser Narr hält dich für Dalai-Lama,
da du doch Laothsee bist, den wir Sinesen
schon seit uralter Zeit anbeten! Deine
Mutter, weißt du wohl, ging achzig Jahr
mit dir schwanger, und als sie dich zur
Welt gebar, warst du ein kleiner, grauer,
krumm zusammengebückter Greis!

Ein Aegyptier.

Kneph, willst du mir wohl die Mumie
meines Großvaters abkaufen? Ich bin in

Noth! Eben soll ich, als Opferpriester, eine Reise nach Memphis zu dem heiligen Ochsen Apis machen! Borg mir ein tausend Dariken darauf; aber sieh zu, daß du nicht ein Stück davon abbrichst, damit mein Großvater mich nicht ausschilt, wenn er, nach tausend Jahren, in seinen Körper zurückkehrt, und ihn nicht ganz findet!

Erster Narr.

Die Reisekosten will ich dir ersparen! Armer Tropf! Wiß, ich bin Kneph! Ich bin der Ochse Apis — ich bin Laothsee — ich bin Dalai-Lama — ich bin Gott Vater — kurz, ich bin Alles in Allein, weil ich euch alle denke, setze oder mache!

Alle Narren.

O Narr, Narr!

Ein Idealist.

Laßt mein Leid euch offenbaren!
Plötzlich in den Leib gefahren
Ist mir hier ein Fuder Heu!
Hier das Handpferd — nebenbey
Steckt des Wagens Zubehörde;
Sattel, Gurt und Deichselpferde;
Ohne Handpferd — eins, zwey, drey!
Weh, wer steht mir Aermsten bey?

Ein Humist.

Solchen Zufällen ist der Mensch in die=
ser Welt unterworfen:
„Weil kein Stück Glocke, kein Stück
Schein
„Von außen kömmt in ihn herein,
„Da alles Idee nur ist im Kopf,
„Rein abgeschieden vom Kirchthurmknopf,

„Rein abgeſchieden an ſich vom Dinge,
„Was draußen erſchein' auch oder erklinge!
„Doch ſag mir nur, wie ging es zu?“

Idcaliſt.

Weil ich ſie dachte;
Weil ich ſie machte!
Funfzehn Schuh
Mißt der Deichſel ganze Länge;
Mir wird's ſo enge!
Was ich denke;
Pferd' und Tränke;
Schaf und Hürde;
Nichts alsbald,
In Geſtalt,
Was nicht würde;
Was ich ſinne; —
Nichts ſo gering, —

Jegliches Ding,
So viel ihrer sind,
Wesen, Form und Seyn gewinnt!

Erster Narr.

Mit alle dem, sage mir — wer bin ich?

Idealist.

Du bist ein Narr, der sich einbildet, Gott
Vater zu seyn!

Erster Narr.

Und du bist ein noch größerer Narr, der
sich einbildet, daß ihm ein Fuder Heu in
den Leib gefahren ist!

Spinozist.

Ihr seyd beyde nicht klug! Gott, die
Welt, das Fuder Heu — der Knecht, der
es fuhr —

Wer mag sie nennen?
Wer mag sie trennen?

Alles ist eins,
Hundert und keins!
Drey und Vier;
Mensch und Thier;
Erd' und Ton;
Körper, Gott, Geist, Welt, Modification!

Erster Narr.

Hört, hört, hört!
Ein Gedanke bloß, in Stoff verklärt,
Ist der Reiter — ist das Pferd!
Erstlich setzt das Pferd — der Reiter;
Dann das Pferd — den Reiter; weiter
Sporn und Sattel, bis zuletzt
Ab es seinen Reiter setzt!
Eng begränzt, in des Bewußtseyns Schranke,
Sich von selbst freywillig der Gedanke:
Bald als Pflanz', und bald als Thier;
Wohnt der Gott in mir, so wie in dir!

Unbekannter.

___ ___ ___ ___ ___ ___ ___ ___

Also redete weiter die philosophische Spinne,
Da ihr Gewebe sie zog, im Gevierte des
winkligten Hörsaals:

„Spinne, was hier du erblickst, ist nur dein
unendliches Nicht=Ich!

„Ich nur ist dein ewig aus dir gesponnener
Faden!

„Zögest du hin und her nicht kreuzender
Fäden Gewebe:

„Wäre die Fliege wohl da, die dort im
Netze sich aufhing?

„Nur — indem du begränzest dein Ich, dein
unendliches Sehnen,

„Das in's Weite hinaus dich zog, am ent=
wickelten Faden,

„Gabst du Entstehung dem Netz, der Flieg'
und den kleinen Insecten,

„Welche du selber verzehrst, nachdem du
Selbst sie geschaffen!

„Mannichfaltig zwar sind die Erscheinungen;
aber unendlich

„Bleibt dein Ich, die alleinige Linie, welche
du webend

„Wieder und wieder beginnst! Ihr ewigen
Lichter des Himmels,

„Sonne, Mond und Gestirn, und du da
droben in deinem

„Sternenhimmel, umringt von Creaturen,
Gott Vater:

„All' Euch hab' ich gemacht, und werde noch
Manches hinzuthun!

„Alle wärt ihr nicht da, verkürzt' ich ge=
lenksam die Fäden! — "

Als sie noch so sich besprach die philosophische
Spinne,

Trat die gealterte Magd herein, mit ge-
waltigem Borstwisch;

Kehrete, ihn in der Hand, mit Sonne, Mond
und Gestirnen,

Ich und Nicht-Ich hervor aus staubigem
Winkel des Hörsaals!

— — —

Ewig webst du o Zeit: doch vergänglich sind
Spinnengewebe! —

(Die Wolken, die bisher den Thron der Weisheits-
göttin verhüllt, fangen an sich gelinde zu zer-
theilen.)

Funfzehnter Auftritt.

Die Vorigen. Die Göttin.
Die Göttin.
(zu dem Unbekannten)

Du bist bescheiden, o Fremdling! —
Ich erwartete dich draußen!

Unbekannter.

Mein Weg geht nie an der Heerstraße!

Die Göttin.

Was thust du hier drinnen?

Unbekannter.

Ich bestrebe mich, an den Verirrungen
Anderer, Weisheit zu lernen!

Die Göttin.

Und hast du etwas von ihnen gelernt?

10

Unbekannter.

Viel!

Die Göttin.

Was?

Unbekannter.

Die Vorsicht, auf keine deiner Fragen bestimmt zu antworten!

Die Göttin.

Zur Sache! Was weißt du von Gott?

Unbekannter.

Nichts!

Die Göttin.

Von der Welt?

Unbekannter.

Wenig!

Die Göttin.

Vom Menschen?

Unbekannter.

Etwas!

Die Göttin.

Dein Wissen ist gering!

Unbekannter.

Desto größer mein Ahnden!

Die Göttin.

Warum hast du auf das erste Verzicht gethan?

Unbekannter.

Sechs tausend Jahre liegen hinter uns, daß die Welt erschaffen ist. Sechstausend Systeme sind hinterdrein gefolgt. Welches ist das rechte? Ich weiß es nicht!

Die Göttin.

Und die Ursache dieser Beschränktheit?

Unbekannter.

Diese ist mir klar. Nie wird es einem

endlichen Wesen, wie der Mensch ist, zu be=
greifen möglich seyn, wie das Einfache auf
das Zusammengesetzte, und das Zusammen=
gesetzte auf das Einfache zurückgewirkt
hat; mit andern Worten: ob die Ma=
terie durch Gott entstanden, oder die Welt
von ihm aus Nichts geschaffen ist?

Die Göttin.

Warum unmöglich?

Unbekannter.

Weil es mir schon an meiner eignen Ma=
schine unmöglich fällt, diese Absonderung
zu Stande zu bringen! — Nur eins, und
das Geringste zu nennen: so kann ich,
weder den Einfluß gewisser Speisen auf
meine Denkkraft, noch den Einfluß meiner
Denkkraft auf meine Verdauung berechnen!
Dennoch ist er da, und unläugbar!

Schreibebald.

Auch, sollt' ich denken, erklärlich!

Unbekannter.

Wodurch?

Schreibebald.

Durch die Einfachheit der Seele, durch die Harmonia praestabilita, durch den Stoß von Partikelchen, z. B. einer Hammelkeule, und ihr Zusammentreffen mit den Monaden unsrer Denkkraft, die sich vice versa berühren.

Unbekannter.

Die einfach sind, und sich berühren?

Schreibebald.

Warum nicht? Eben weil die Seele das Einfachste, und eine Hammelkeule das Zusammengesetzteste aller Wesen ist: so

folgt die absolute Möglichkeit einer gegen=
seitigen Berührung!

Unbekannter.

Auf welchem Wege?

Schreibebald.

Auf dem kürzesten — durch den Speise=
kanal und die Glandula pinealis, vermit=
telst der Harmonia praestabilita!

Unbekannter.

Du faselst!

Schreibebald.

Mit nichten! — Nämlich so! Erstlich.
Weil das einfachste Wesen, als solches,
durchaus keine Berührungspuncte hat:
so folgt daraus, daß die aufsteigenden
Dünste und Partikelchen der Hammelkeule
es absolut berühren können. Zweitens.
Weil eine Monas, als ein einfaches Wesen,

durchaus keiner Veränderung fähig ist:
so folgt daraus, daß die Seele, durch die
Partikelchen der Hammelkeule, schlechterdings modificirt und verändert werden
kann! Q. e. d.

Unbekannter.

Du bist ein Narr; aber ich vergaß,
wo ich mich befand! — Fahre fort!

Die Göttin.

Oder du!

Unbekannter.

Die Nothwendigkeit dieser Betrachtung
führte mich bald auf eine zweite, nämlich die: „auf alle Wahrheit Verzicht zu
thun, zu der mir, als einem beschränkten
Sinnenwesen, der Zugang nicht geöffnet
steht."

Die Göttin.

Wie nothwendig ist diese Nothwendigkeit?

Unbekannter.

So nothwendig, daß es die stolzeste
Anmaßung seyn würde, da ich nicht einmal im Stande bin, innerhalb des Gebie-
tes meiner eignen fünf Sinne zu ermes-
sen: „wie die Materie auf den Gedanken, und der Gedanke auf die Materie
wirkt" — so daß z. B. eine bloße Vor-
stellung — ein Brief die Circulation des
Bluts verändert? — darauf auszuge-
hen, zu bestimmen und festzusetzen: „wie
vor vielen tausend Jahren, bey Erschaffung
der Welt, wohl die Materie auf Gott,
und Gott auf die Materie zurückgewirkt
hat?"

Göttin.

Ich laſſ' es folgen!

Unbekannter.

Mit der Speculation bin ich demnach
zu Ende! Was Mich mir ſelbſt wiedergab,
war die Betrachtung der Natur, meiner
eignen, und der außer mir!

Göttin.

Was konnte dir die erſte offenbaren?

Unbekannter.

Ein unverletzliches, heiliges Geſetz in
meinem Innern, das jede Uebertretung,
durch die ſtrengſte Rüge, rächt, und jede
edle That, durch das ſüßeſte Bewußtſeyn,
lohnt. Nie hat mich dieſer himmliſche
Zeuge, dieſe göttliche Anſprache von oben,
durch ſchnöden Doppelſinn getäuſcht; der
einzig treuſte Freund, in den verwickeltſten

Verhältnissen des Lebens, stand er mir auch
da noch zur Seite, wo mich alle übrigen
verließen, oder sich weltklug zurückzogen.
Hier also, oder nirgend ist die Stätte hei-
lig; hier ist die Leiter, wo die himmlischen
Bothen auf und niedersteigen; von hier
aus, oder nirgend muß es vergönnt seyn,
das Göttliche zu ahnden!

„Ja ewig, in des Menschen tiefster
     Brust,

„Ist Jeder Gottes Altars sich bewußt:

„Da glänzet, da erquicket und gebeut

„Allvaters Güte, seine Freundlichkeit.

„Den Völkern, in der tiefsten Schatten-
     nacht,

„Ist Morgenroth und Sonne aufgewacht,

„Und Keiner sagt zum Andern: lehre mich

„Erkennen Gott! — Ein Jeder lehret sich.

„Gott selbst, der ihnen reg' im Herzen
wohnt,

„Ist ihre Sonne, nicht mehr Sonn' und
Mond!" *)

Ein Geschlecht von Zugvögeln, das, auf
dieser tief im Blau des Aethers rollenden
Weltkugel, einen kleinen Aufenthalt macht,
und darauf seine Reise, wohin es ein himm-
lischer Instinct führt, zu andern Ufern,
schönern Gefilden, bessern Firmamenten,
weiter, immer weiter, fortsetzt: dieß sind
wir — dieß ist unsre Bestimmung! Wir
stehen auf den höchsten Gipfeln der Berge, auf dem Montblanc, auf dem Teneriff,
auf dem Chimborasso — und: „weiter!
weiter!" ruft eine mit unserem geheimsten

---

*) Herders Abrastea 1stes Stück.

Sehnen still einverstandne Stimme, nach
jenseit, wo der Sirius glüht, und wo des
Hesperus stille Kerze sich anzündet! Diese
Weltordnung — was sie mir auflegt — je
heftiger der Widerspruch zwischen ihr und
dem Gebot in meinem Innern ist — sie kann,
sie darf nicht die letzte seyn! Dieser kleine
Abend im Thal des Lebens — früh oder
spät wird auch er seinen Morgen finden,
und ein reines, unverletztes Bewußtseyn
ist Alles, was ich von hier aus dieser Schat-
tenwelt in eine schönere, bessere Weltordnung hinübernehme! So geh' ich, mit
einem versiegelten Brief, von Station zu
Station — mir selber ein Räthsel; aber
fest entschlossen, ihn nirgend, als an die
Behörde abzugeben!

Schreibebald.

Da haben wir den himmlischen Chargé
d'Affaire, mit seinem göttlichen Auftrage ;
nur Schade darum, daß dieser seine Ne=
gotiationen oft so schlecht versieht! Ueber=
haupt scheint es mir ein rechter Beweis
von Kleinmüthigkeit und Verstandesschwä=
che, wenn man sich dem Glauben so unbe=
dingt in die Hände gibt. Der Punct, wo
man in der Untersuchung aufhört, und müde
wird, ist gemeiniglich der, wo der Glaube
anfängt! Mein Grundsatz ist: man muß
immer weiter forschen, immer mehr lesen,
immer mehr sammeln! Alle Jahr einen
neuen Hut auf den Kopf, und ein neues
System drunter im Kopfe, das ist so die
rechte Höhe.

Unbekannter.

Und das Handeln?

Schreibebald.

Nun freylich muß das auch nicht aus-
bleiben! Das kömmt schon von selbst;
nachher nämlich, wenn man das Gesam-
melte drucken läßt! Das Gedruckte wird
darauf recensirt; der Buchhandel bringt
es in Umlauf, und das ist denn so der
Curs der Gelehrsamkeit!

Ein Geograph.

Nur Schade darum, daß die Gränzen
der Wissenschaften so unermeßlich sind, daß
zu ihrer Erlernung oft kaum ein Leben hinreicht! Ich nehme z. B. gleich
die meinige, die Geographie! Großer
Gott! Saht ihr den rothen Schein, der
dort links, von der Erde, herauflief? Ge-

wiß ist einmal wieder eine Provinz durch
den Ausbruch eines Vulkans untergegan-
gen, und in der neuen Ausgabe meines
Handbuchs eine neue Lücke entstanden!
So geht das immer fort! O Wissenschaft,
Wissenschaft, wie groß sind die Opfer, die
du deinen Verehrern abforderst! Keine
Nacht kann ein Geograph sein Haupt ruhig auf's Kissen legen; jede Minute
bringt ihm beynah' was Neues! Nicht
nur, daß das Feuer so oft die Gränzen
der Erde feindselig verrückt; daß der
Erdboden sich aufthut und ganze Städte
und Länder unbarmherzig verschlingt, die
nachher nur noch in der Geographie und
auf der Landcharte zu finden sind; nicht
nur, daß das Meer neue und bisher un-
befahrne Straßen zu andern Welttheilen

eröffnet: so kommt nun auch, noch außer
der Erde, Feuer und Wasser, die Luft, Elektropolis, mit seinen Sonnenrindern, Son-
nenpferden und Sonnenschafen dazu, als
die ich alle, auf das sorgfältigste, werde
zählen müssen!

Historikus.

Schweig, mit deinen ewigen Klagen,
Geograph! Wie würdest du dich vollends
stellen, wäre dir eine Wissenschaft, wie die
meinige, zu Theil gefallen, die, so zu sagen,
weder Anfang, Mittel noch Ende hat!
Denn, da es heißt: „Im Anfang schuf
Gott Himmel und Erde,‟ und die Historie
es vorzüglich mit dem, was auf der Erde
geschieht, zu thun hat; Niemand aber
weiß, wo dieser Anfang hinzuhängen ist:
so folgt daraus, daß die Historie weder

Anfang, Mittel, noch Ende hat; denn was kein Anfang — kann auch kein Mittel — und was kein Mittel hat, kann auch kein Ende haben!

Die Göttin.

Ich rathe dir daher, daß du, um beyde unbekümmert, dich zu einem philosophischen Blick und Standpunkt des Ganzen erhebst! Ein wüstes Wissen hat nunmehr sein Ende erreicht: das Reich des Lichts und der Aufklärung ist angebrochen! Die Geschichte dieses wunderbaren Geschlecht's zählt drey Epochen, die auch von eben soviel politischen Stürmen und Revolutionen bezleitet sind. Ich nenne sie die Revolution des Gedächtnisses, die Revolution des Verstandes und die Revolution der Phantasie.

II

Jede von diesen drey Revolutionen findet auch ihr Gegenstück, theils in der Wieberherstellung der Wissenschaften, theils in der Reformationsgeschichte, und theils in der französischen Staatsumwälzung. — In glücklicher Beschränktheit, aber bildsam und gebildet, und nur ausgehend von reiner und unverdorbener Natur: so fand ich mein Lieblingsvolf, die Griechen; so fand ich meinen Lieblingsdichter, Homer! Eng war der Cyflus ihres Wissens; aber noch hatte keine feindselige Trennung, in Ausbildung ihrer Seelenkräfte, statt gefunden; Gedächtniß, Verstand und Phantasie, im vollkommensten Einklang beysammen, und die Kunst, die dieß schöne Einverständniß geflissentlich unterhielt! Der Dichter

hohe Weiſe ſpielte dem Volke Weisheit zu;
Alt und Jung hing an ihrem Munde;
ſie waren die älteſten und ehrwürdigſten
Lehrer der Nation. — Da entwickelte ſich
vorwitzig in einigen Köpfen Hang zur
Speculation und Grübeley in Ideen. Ein
neuer, bis jetzt noch unbekannter, Weg
ſchien ihnen zu winken; ungeahndete Schätze lagen, wie ſie glaubten, auf demſelben
verborgen; bald wurden dieſe geſucht,
und jener betreten! Das Reich der Phi-
loſophie nahm ſeinen Anfang, und, ſonder-
bar genug — je mehr es ſich ausbreitete
und herrſchend wurde: je mehr verlor die
Poeſie von ihrer ſchönen Herrſchaft über
die Gemüther. Mit jedem Tage wurde ſie
unſcheinbarer von Geſtalt, und die allge-
mein verſtändliche, echte Menſchenbildnerin

hatte das Schickſal, daß man ſie entweder
muthwillig zerſtückelte, oder ſie ergab ſich
auch ſelbſt den wilden Ausſchweifungen
eines regelloſen Imaginantismus. Auf
Jahrhunderte hinein, wo das finſtre Reich
der Idee und der Scholaſtik anbrach, war
es nun um alle weitern Fortſchritte gethan;
und nur, mit der Wiederherſtellung
der Wiſſenſchaften und Zerſtö-
rung des griechiſchen Kaiſer-
thums, iſt es, wo ein neuer Strahl aus
dieſer allgemeinen Nacht andämmert! Mit
ihm begann die erſte Revolution in der
Geſchichte des neuen Menſchengeſchlechts,
die Epoche des Gedächtniſſes. Die
Menſchheit mußte ſich nun anſchicken, einen zweyten Cyklus, aber nicht wie ehe=
dem in Griechenland, im vollen Einklang

aller Seelenkräfte, aus der Natur in die
Idee; sondern umgekehrt, aus einem zer=
stückelten Zustand, aus einer Vereinzelung
aller Seelenkräfte, aus der Idee in die
Natur, zu vollenden. Alle Erscheinungen
der neuern Zeit sind mit dieser Bedingung
gegeben; besonders die, daß die großen
Menschen der Neuern meistens Anticipatio=
nen ihres Jahrhunders, da hingegen die
der Alten wenig mehr, als Reste des
ihrigen sind! Wie ein Kind fing der Mensch
nun damit an, die unterste und leichteste
seiner Seelenkräfte, die Gedächtnißfertig=
keit zu üben, d. h. Worte, Sprachen und
Vokabeln auswendig zu lernen. Diese ein=
seitige Bildung ging Jahrhunderte, und
so lange fort, bis sich das Gedächtniß, so
zu sagen, selbst zu Tode memorirte. Das

Kind war indeß ein Jüngling geworden.
Müde, immer nur nachzubeten, immer nur
zu hören, immer nur auswendig zu lernen,
wollte es auch prüfen, urtheilen, denken.
Die zweyte Epoche, die des Verstandes, oder die Reformation stand
vor der Thür; aber leider mit einer eben
so einseitigen Richtung, wie das Gedächtniß, maßte sich der Verstand an, alles zu
verstehen, und wurde darüber so unverstän-
dig, daß er vor lauter Aufklärung am Ende
nichts begriff; kurz, wie sich jenes zu Grunde
memorirt hatte, so räsonnirte sich dieser
zu Tode. Doch in dem nämlichen Augenblick erwacht die dritte, die mächtigste See-
lenkraft des Menschen, und mit ihr die
dritte Revolution. Die Phantasie,
die, bey ihrem ersten Erwachen, gleich ganze

Länder und Reiche umwirft, macht dem
kahlen, nackten Reiche des Verstandes und
der Wirklichkeit ein Ende. Auch sie muß,
in allen Wissenschaften, wo sie jetzt, unter
dem Namen Imaginantismus, an der Ta-
gesordnung ist, sich erst zu Tode phantasi-
ren, eh an ihren wohlthätigen Einfluß zu
denken ist! Dann aber wird für die Kunst
der große Augenblick gekommen seyn, einen
zweyten Cyklus anzutreten, ihr die Menschenbildung abzunehmen, und einen Bund
zwischen Gedächtniß, Verstand
und Phantasie zu schließen, der
Jahrhunderten trotzt, und die Menschheit
auf den höchsten Gipfel erhebt. Schon ist,
in glücklicher Vorbedeutung hierzu, die
erfreulichste aller Erscheinungen erfolgt, daß
die Philosophie selbst den Menschen an die

Natur zurückgegeben, und bey ihrem eignen
Umkehren von der Idee in die Natur das
bescheidene Geständniß abgelegt, „daß sie
einer schönen Natur nichts zu sagen habe.“
„Nur, durch das Morgenthor des Schönen,
„Drangst du in der Erkenntniß Land;
„An höhern Reiz sich zu gewöhnen,
„Uebt sich an Schönheit der Verstand;
„Was, bey dem Saitenspiel der Musen,
„Mit süßem Leben dich durchdrang,
„Erzog die Kraft in deinem Busen,
„Die sich dereinst zum Weltgeist schwang!“
Fester, schöner steht die Herrschaft der
Phantasie nun für Jahrtausende begründet;
denn der große Irrweg ist einmal durch-
gemacht; der Mensch weiß, daß in der Idee
nichts für ihn zu hoffen ist! — Du ge-
standest vorhin, Unbekannter, „die Betrach-

tung der Natur, in und außer dir, habe
dich dir Selbst wiedergegeben." — Wohlan,
auf diesem Wege müßt ihr fortfahren: und
bald werdet ihr, über die Mißverständnisse
des Augenblicks, erhoben, den großen Sinn
im Zeitalter erkennen und gewahr werden!

    „Sieh, was im Kiesel funkt; im Abend-
                    strahl;

„Was grün im Schatten quellt; im Moose
                    lichtet;

„Was singt im Vogel; anschießt im Krystall;
„Was sich ein Kleid aus Sonnenstrahlen
                    dichtet;

„Was in Hesper'scher Früchte goldnem Ball;
„Was ins Geheimniß tief des Lebens flüchtet;
„Was sich in Blumen still entwirkt; im Kinde
„Neun Monath reift für Lebens=Labyrin-
                    the!

„Und nicht nur dieß — im Früh = und
Abendroth;

„Im Auf, und Niedergehn; in Feld und
Haiden;

„Im Lichtes Wiederkommen; Sonn' und
Tod; —

„In Land und Meer; — zweylebig zwischen
beyden;

„Was, auf Natur ihr stilles Machtgebot,

„In Vogel, Pflanz' und Thier sich will
verkleiden;

„Im Licht — in Schall und Luft — im
Meer der Töne,

„Vernehmt und hört ihr Gott, o meine
Söhne!"

II.

Volksscenen

aus dem Amphitryon.

Inhalt.

———

Jupiter und Merkur sind, in der Gestalt des
Sosia- und des Amphitryon, nieder auf
die Erde gestiegen, und haben das Haus und
die beyden Weiber des Sosia und Amphitryon,
die eben im Kriege und entfernt sind, besucht.
Da nun bald darauf auch diese zurückkehren: so
entstehen dadurch Mißverständnisse auf Mißverständ=
nisse, um die das ganze Stück sich, so zu sagen,
dreht. Nur so viel, und nichts weiter, braucht
dem Leser, zur Verständlichkeit der folgenden
Scenen, aus dem vorigen Taschenbuch erinnerlich
zu seyn.

———

Vorerinnerung.

———

Im sechsten Jahrgang meines Taschenbu-
ches versprach ich dem Publikum, den dort
angefangenen Amphitryon zu schließen;
auch ist das Gedicht wirklich so weit fertig, daß es mit jedem Augenblicke gedruckt
werden kann; allein da der Umfang desselben mir so unter den Händen angewach-
sen ist, daß es den ganzen Raum des dieß-
jährigen Taschenbuchs anfüllen würde,
welches für den Zweck dieser kleinen perio-
dischen Schrift höchst unzweckmäßig gewe-

sen wäre; ferner da selbst die ersten beyden
Acte, durch die Wahl eines freyern und sich
fesselloser bewegenden Metrums, eine solche
Veränderung erlitten, daß sie durchaus einen
neuen Abdruck nöthig machten: so hielt
ich es auf alle Weise für besser, das Werk
besonders herauszugeben, als dem Publi=
kum eine und dieselbe Sache hier zweymal
zu bringen. Zur Ueberzeugung desjenigen
Theils von Lesern, der immer noch, auf die
Auctorität einseitiger Kunstrichter hin, dar=
auf beharrt, daß der Reim ein entbehrliches
Spielwerk, ein bloßes Schellengeklingel in
der Poesie sey, lasse ich hier den 4ten Auf=
tritt des 2. Acts, in der neuen Bearbeitung,
nachfolgen, und bitte, ihn mit der alten
reimlosen (Taschenb. auf's Jahr
1802. S. 122.) unpartheyisch zu verglei=

chen. Nicht zu gedenken, daß der Reim
der Natur der neuern Sprachen äußerst angemessen ist, und daß ihn selbst die Alten,
wo er den komischen oder mahlerischen Effect, in Tonlaut und Sylbenbau, zu erhö-
hen schien, nicht verschmähten, z. B. Aristophanes im Frieden:

„Και βοατε και γελατε,
„Δη γαρ εξεται τοϑ'υμιν,
„Πλεειν, μενειν, κενειν, καϑευδειν,
„Εν πανηγυρεις ϑεωρειν,
„Εςιασϑαι, κοτταβιξειν,
„Συβαριζειν,
„Ιαι, ιου κεκραγεναι!"

und Plautus im Amphitryon:

„Strepitus, crepitus, sonitus,
  tonitrus: ut subito, ut propere,
  ut valide tonuit!"

so ist, wie mir däucht, eine gewisse, wenn ich so sagen darf, bacchische Trunkenheit, die er durch seine kühnen, ja oft selbst bizarren Ideenverbindungen und Sprünge begünstiget, beynah das Einzige, was der profaischen Nüchternheit unsrer neuen, todten, kalten Verstandessprachen, die sich, mit dem fünffüßigen Jambus, nur gar zu gern bey ihnen einstellt, ein glückliches Gleich = und Gegengewicht hält. Wenigstens ist es bemerkenswerth, daß selbst bey Schiller der Einschritt des Reims, wie z. B. in der Maria Stuart, in Wallensteins Lager u. s. w. auch allemal das Zeichen zum Einschritt einer größern und ächtern Naivetät ist. Mir scheint dieß ein Problem zu seyn, worüber unsre Kunstrichter noch lange nicht genug gedacht, und wor-

über des Nachdenkens doch nie g'nug ist.
Selbst eine Vergleichung des Fausts und
der Iphigenie von Göthe müßte, in
dieser Rücksicht, äußerst interessant seyn!
Vielleicht fände sich, daß die Schuld einer dem
letzten Gedicht hier und da sichtbar mangeln=
den Plastik auch mehr in dem gewählten Syl=
benmaße, als in dem genievollen Dichter
selbst läge, dem sonst alle naiven Motive,
wie anerkannt, unbedingt zu Gebot stehen.
Eh' ich diese Materie abbreche, werfe ich
noch, im Vorbeygehen, die Frage auf: ob
nicht überhaupt in der Natur des gan=
zen, neuen episch = dramatischen
Gedichts, das wir Tragödie nennen,
und das, indem es, nach Art der Komödie,
mehr und sichtbarer, als die Tragödie der
Alten, auf eine pittoreske Behandlung der

12

Charaktere losarbeitet, und eben deßhalb
selbst die erheiternden komischen Effecte, gerade wie das Epos der Griechen, nicht
verschmäht, die Nothwendigkeit eines neuen,
und von dem strengen, tragischen Schema
der Alten durchaus abweichenden episch-
dramatischen Metrums gegeben sey?
Was die Komödie betrifft: so kann sich
diese bestimmter an ihr Vorbild anschlie-
ßen, und das schon deßhalb, weil sie, sowohl bey den Alten, als bey den Neuern,
meistens in Charakteren ihren Stand hat.
Mit Hülfe des Reims und des Septenarius, wie er z. B. bey Aristophanes zum
Grunde liegt; ferner mit gehöriger Ab-
wechslung und Einmischung von ganzen
Systemen anderer Versarten, besonders der
Trochäen, Anapästen, u. s. w. kann sie sich

ein Sylbenmaß bilden, das an Freyheit
dem Hexameter gleich kömmt, und an Man-
nichfaltigkeit ihn noch übertrifft. Es fragt
sich nur: inwiefern die Tragödie ihr
hierin nachahmen darf? Mit dieser Frage
eröffnet sich uns ein unermeßliches Feld,
und gleich die erste wichtige Betrachtung
führt zu der Alternative: sind wir gesonnen, episch-dramatische Stoffe, wie Eg-
mont, Göß von Berlichingen u. s.
w. aufzugeben? oder, wenn einen so naiven Stoff über einen so steifen Schullei-
sten, wie unser bisheriges Metrum, selbst
mit Schillers Erweiterung, zu spannen,
schlechterdings unmöglich ist: wollen wir
uns nicht lieber nach einem angemessenern
Schema umsehen, das uns nicht länger nö-
thigt, Stücke dieser Art in Prosa zu schrei-

12 *

ben, was mir wenigstens unter allen poeti-
schen Nothbehelfen der unpoetischste und
unbehülflichste scheint?

Zuletzt — inwiefern ist ein solches
Schema bey den Griechen, wenn auch
nicht gerade bey ihren Tragikern — aber
unsre Tragödie ist ja auch keine Tragödie
im Sinne der G·iechen, und soll, ja —
darf es nicht seyn — schon wirklich vorhanden? und in wiefern gibt es, zwischen
ihm und der uralten, naiven Eigenthümlich-
keit teutscher Reim= und Gesangweisen Berührungspuncte, die eine größere und bessere
Annäherung, wie die bisherige, hoffen und
erwarten lassen? Die enggegebene Gränze
des hier gestatteten Raums verbietet mir,
diese interessante, blos flüchtig angeregte
Untersuchung, deren gründliche Beantwor-

tung ein Buch bedürfte, weiter zu verfol-
gen ; aber ich finde vielleicht anderswo
Gelegenheit, den Faden, den ich hier abbreche, wieder aufzunehmen. Hier folgt
nun die versprochene vierte Scene des
zweyten Actes von Amphitryon, zur belie-
bigen günstigen oder ungünstigen Vergleichung ; und hinterher ein Paar andre
Scenen, aus eben diesem Werk, die bisher
ungedruckt, und dem Leser folglich gänzlich
unbekannt sind.

Erſte Scene.

Damokleia, die alte Schaffnerin,
die das böſe Weib des Sclaven Soſia zur Ver‑
träglichkeit gegen ihren Mann ermahnt.

Damokleia.

Wie? kaum iſt dir in's Haus zurück der
Mann :

So geht der Zank auch ſchon auf's Neue an!
Ey, warum haſt du ihn genommen?
Nun iſt der Vorwitz dir zu Haus gekommen:
Du könnteſt heut noch ledig ſeyn!

Andria.

Ich mocht' es nicht! Einmal muß Jede
frey'n !

Und ſelbſt der Aerger, ſelbſt die Wuth
Thun in der Ehe der Geſundheit gut!

Der Ernst des Mann's, das Spiel des
       Knaben,
Dieß Alles zeigt ja deutlich an:
Des Menschen Herz will etwas haben,
Was es sein eigen nennen kann;
Wär's nur ein Blumentopf, ein Gickel=
       hahn;
Ein Vogel, dem den Napf man füllt zum
       Saufen;
Ein Staarmatz, den man auf der Diel' her=
       um läßt laufen;
Ein Stöckchen Goldlack, das man vor das
       Fenster schiebt,
Und dem man täglich frisches Wasser gibt:
Kurz, etwas muß es seyn! — Der ärmste
       Mann,
Der Bettler noch hält einen Hund sich auf
       der Straßen,

An diesem seinen Unmuth auszulassen,
Wird keine Thür, wird ihm kein Fenster
        aufgethan:
Sieh, darum nahm ich einen Mann!
Ey freylich, besser hätt' ich wohl gethan,
Der Mutter weisem Rath Gehör zu geben,
Die nie zur Heirath sich in ihrem Leben
Bethören ließ, und ledig immerdar
Verblieb, obgleich sie — sieben Kinder
        Mutter war!
Darüber führ' ich nun auch nicht Beschwer-
Doch daß er mir so wenig gibt Gehör;
Daß er, auf Tritt und Schritt, im Haus,
Wohin ich komm', mir weichet aus;
Ja daß er vorhin in der Küchen
Die Tochter mir mit einem Storch vergli-
        chen! —

Damokleia.

Ey nun, es ist der Storch ein klug und
wachsam Hausthier;

Er sitzt den Miethzins ab uns auf dem
Dach,

Und klappert einen wie den andern Tag;
Verwöhnten Ohren will sein Klappern nicht
gefallen:

Ey freylich singt er auch nicht gleich Frau
Nachtigallen;

Verführt nicht so wie sie und ihre Kinder
Ein eitel Geschwätz, ist leider nichts da-
hinter;

Stolziert auch nicht am Sumpf mit rothen
Beinen,

Zu prahlen vor den Leuten und zu scheinen;
Nein, roth erfroren sind ihm Bein und
Nas',

Als er im kalten Sumpfe Frösch' auffraß,
Und von Geziefer reinigte den Pfuhl:
So opfert er sich dem gemeinen Wohl!
Schlicht ist sein Regenkleid — nur schwarz
und grau:
Ihm gleicht im Hausstand eine brave Frau:
Drum haben die, im Hieroglyphenwesen,
Längst in Aegypten ihn zum Sinnbild aus-
erlesen!

Andria.

So wendest du doch stets die gute Seite
aus!

Damolleia.

Und du bringst immer nur den Zank in's
Haus;
Ich aber sag' dir dieß: du sollst es merken:
Ich werd' im Unrecht gegen ihn dich nicht
bestärken!

Drum hüte dich, durch Klagelaut und Zähren,
Uns heut das nah vorhandne Opferfest zu
stören!
Jetzt geh! Ich habe Sosia hierher berufen;
Triffst du ihn etwa an der Treppe Stufen:
Hörst du, damit sich Fried erhält im Haus:
Folg meinem Rath, und weich ihm lieber aus!

Zweyte Scene.

Merkur, der, in Gestalt des Sclaven Sosia,
mit dem bösen Weibe des letztern zusammen
trifft.

Andria.

(mit drey Kindern und ausgebreiteten Armen
auf ihn zueilend)

O schöner mir, o längst erwünschter Tag!
Bringst mir den Gatten heim in's Ehge-
mach!

Sofia 1.

War böse Nachricht denn von mir hier
eingegangen?

Andria.

Ey wohl! Schon zweymal sagten sie, du
seyst gehangen.

Sofia 1.

Sieh, sieh! Wie lebtet ihr indeß? Doch
wohl bethan?

Andria.

Uns ging's, wie's Weib und Kind erge-
hen kann!

Dahier die Kleinen liefen oft an's Fenster,
Und kein Maulesel, der die Straße zog,
Daß sie nicht riefen! „Vater, Vater kömmt!"

Sofia 1.

Verbindlich! Aber mir ging's auch nicht
besser!

Denn jeder Hahn, des frühen Dorf's Trom-
pete,
Bracht' in's Gedächtniß deine Stimm', o Weib,
mir, wenn er krähte.
Doch dabey fällt mir ein — wie sich's ge-
bührt,
Habt ihr indeß doch hier gut Hausreg'ment
geführt? —
Den Murner von der Feuerstäte,
Die Hühner von des Gartenthors Stakete
Mir abzuhalten Sorge fein getragen?
Ja und noch eins — und was ich wollte
sagen: —
Wie steht's? gibt's heuer Trauben viel und
Herling? —

Andria.

Nein, alles haben aufgezehrt die Sperling!

Sofia 1.

O du dreymal mir verhaßter
Feind der Götter, Feind der Menschen,
Sperling, Kirschendieb, Verräther ;
Du, den keine Schlingen fahen,
Keines Lockheerds Pfeifen nahen :
Stets zu necken, stets zu plagen,
Folgst du Pflug und Erndtewagen ;
Kirschen und Johannisbeeren
Dünken gut dir zu verzehren ;
Auch behagen deinem Gaumen
Angepickt die reifen Pflaumen ;
Stets auch stehen die Gedänken
Dir nach schönen Weinbeerranken !
Deine Söhne, deine Töchter,
Sie sind keine Kostverrächter !
An der Dachrinn', an den Sparren,
Welch ein Piepen, Krächzen, Scharren ;

An den Scheunen, vor den Ställen,
Wohnen kleine Diebsgesellen: —
Sorget ja, daß nichts verderbe!
Hüpfet auf die Futterkörbe!
Stehlt der frommen Hühnermutter,
Stehlt dem Hahn sein goldnes Futter!
Wetzt die Schnäbel unerschrocken
Selber nach des Tischtuchs Brocken!
Krappelt früh, und krappelt spät
Euch ein lustig Hochzeitbett! —
Sperling, Sperling, du verhaßter
Feind der Götter, Feind der Menschen,
Der du meine Beeren fraß st:
O wie bist du mir verhaßt!

Andria.

Schwer hat der Grimm auf sie dein
Innerstes gefaßt:

Dich zu befänft'gen — fieh, mein lieber
Mann,
Doch hier die allerliebſten Kleinen an,
Die Freude der geſammten Nachbarſchaft,
Und freu' auch du dich deiner Vaterſchaft!

Soſia x.
(ſie betrachtend)

Dich kenn' ich wohl, du kleiner Narre,
Dahier an deines linken Backens Schmarre,
Du da biſt Chryſis? — Davis du?

Andria.

Ganz recht!

Soſia.

Doch hier den dritten kenn' ich ſchlecht:
Er kömmt mir fremd und unerwartet:
Auch ſcheint er ganz aus dem Geſchlecht
geartet!

Andria.

Das dünkt mich nicht, [mein lieber Sosia,
Ist deiner Aehnlichkeiten holde Spur doch da!
Dieselbe liebenswürd'ge Eigenheit,
Daß seine Augenwinkel beyd'
Auf einen Nasenpunkt zusammenzielen!

Sosia 1.

Was willst du damit sagen, Weib? He,
was?
Ich soll doch hier nicht etwa schielen?

Andria.

Behüte! aber daß das holde Kind dir
unbekannt,
Ist wohl kein Wunder! Als in Feindesland
Du streitbar lagst vor Teleboas Thoren,
Hat seine Mutter hier in Schmerzen es
geboren:

Hör und vernimm's, und freue drob dich,
Lieber !
Das ist der kleine Chrysososthenes :
Komm her, mein Kind, umarme deinen
Vater !

Sofia 1.

Was, Chrysososthenes, was Kleiner !
Lauf !
Such dir im Werkhaus deinen Vater auf,
Der dort die Mühle dreht, im Sclaven-
haufen !

(zu Andria, die ihm das Kind mit Gewalt zu-
führt)

Ich mag und will von ihm nichts wissen —
laß ihn laufen !

Beklagenswerthes Schicksal des Soldaten,
Der, treuergeben seinem Potentaten,
Die Welt entvölkert und verheert,

Und dem ein Anderer indeß das Haus ver-
mehrt ! ...

Mehr Kinder kriegt er, zum Ersatz,
Als Feind' oft auf dem Festungsplatz
Sein gutgeschliffnes Schwert gemord't ! —
Mir aus den Augen, sag' ich, alle fort !
Mir hat der Zorn die Leber angezündet,
Daß ihr nicht diese Fäuste schwer empfindet!

Andria.

So glaubst du nicht, o du verstockt und
blind
Gemüth, daß die hier deines Blutes Kinder
sind ?

Sosia I.

Was, glauben, Weib? Ich weiß es mit
Gewißheit !

13 *

Andria.

Was, Kürb'skopf, sprich! was weißt du
mit Gewißheit?

Sofiax.

Ey nun, daß sie Mercur mit gleichem
Rechte,
Wie ich, wohl seine Kinder nennen möchte!

Andria.

Daß also Davis?

Sofia x.

Ja, und Chrysis auch!

Andria.

Und hier der kleine Chrysososthenes?

Sofia x.

Auch der!

Andria.

Von Einem Andern?

Sofia 1.

Sag es frey heraus!

Andria.

Von einem Andern — ich erstick vor
Bosheit!

Sofia 1.

(für sich)

So sparst du mir die Müh', dich zu er-
drosseln!

Andria.

Wohlan — so bin ich auch dein Weib
nicht mehr!

Sofia.

Das wußt ich längst schon!

Andria.

Und besteh' auf Scheidung!

Sofia 1.

Wenn?

Andria.

Morgen!

Sofia x.

Heut! —

Andria.

Jetzt! —

Sofia x.

Diesen Augenblick!
Sieh, Andria, erst nun gefällst du mir!
Das ist bey weitem der gescheit'ste Einfall,
Seitdem ein Paar wir sind, aus deinem
Munde:
Komm her, und laß dafür dich herzlich küs-
sen!
(umarmt sie)

Andria.

Verräther, wie, so willst du mich verlas-
sen?

Sofia 1.

Es scheinen Sonn' und Mond auf allen
Straßen!

Andria.

Mir soll kein Pfand von deiner Treue
bleiben?

Sofia 1.

Ey nun, wir können ja einander doch noch
schreiben!

Andria.

Nachdem du durchgebracht mir alle meine
Habe? —

Sofia 1.

Nackt kömmt der Mensch zur Welt, und nackt
geht er zu Grabe!

Andria.

Nachdem du selbst mein Bett vertrunken
mir in Meth?

Sofia 1.

So stehst du früher auf, und schläfst nicht
mehr so spät!

Andria.

Sobald vergißt du die drey Kindlein, zur
Beschwerde

Mir auf den Hals gesetzt?

Sofia 1.

Ey, setz' sie auf die Erde!

Andria.

Zu lang wird ohne dich mir Leben und Ge-
schick!

Sofia 1.

Nun so verkürz es dir!

Andria.

Wodurch?

Sofia 1.

Durch einen Strick!

Andria.

Verräther, Dieb! —

Sofia 1. (zurückweichend)

So sparen wir die Ehescheidungskosten! —

Vergib! Jetzt muß ich vor die Thür auf
meinen Posten!

(für sich) Nun wird's wahrhaftig Zeit, daß
ich mich hier entferne:

's ist klar, sie hat's gemünzt auf meine Au-
gensterne! (ab)

Andria. (zu ihren Kindern)

Du, Chrysis, Davis! Lauft dem Vater
nach!

Verfolgt ihn Tritt und Schritt! Hört,
was er sprach!

Gehorcht, gespionirt! Du vor der Thür,

Du hinter! Fällt was vor, bringt Nachricht mir!
(Indem sie Jedem eine Maulschelle gibt, und
ihn umdreht: dann mit Chrysosthenes auf dem
Arm ab.)

Dritte Scene.

Alkmene, der der falsche Sosia von ihrem
Gemahle Bothschaft bringt, und darüber mit
Licht und Schatten, zwey Parasiten,
die von dem wahren Amphitryon abgeschickt sind,
so wie mit dem Koch Dorislus, in Streit
und Widerspruch geräth.

Alkmene.

Wo ist der Sosia geblieben, der
Den Schleyer uns gebracht hat?

Eine Sclavin.

                    Irr' ich nicht,
In der Küch': es pflegt am Heerde sein,
                    mit Speiß' und Trank,
Die Schaffnerin des Hauses, Damoklcia.

Alkmene.
Gesegnet seyen mir des Bothen Füße,
Die unterm Thor mit solcher Bothschaft
                    klingen:
Ihm soll das Haus das schönste Gastge-
                    schenk entgegenbringen:
Es thue Gastfreyheit, im schönsten Lauf,
Für ihn den langgesparten, schönen Vor-
                    rath auf!

Die Sclavin.
Zwey Parasiten auch sind kurz d'rauf ein-
                    getroffen:

Willst du, daß auch für diese heut der Vor-
raths stehe offen? ·

Alkmene.

Wie heißen Sie? und sind sie mir bekannt?

Die Sclavin.

Sie werden Schatten nur und Licht vom
Volk genannt.

Alkmene.

Ich kenn' sie, als ein Paar kurzweilige Ge-
sellen:

Man soll mit Speis' und Trank auch sie
zufrieden stellen!

Wo sind sie?

Die Sclavin.

Unten in der Speisekammer,
Bey'm Koch Doriskus!

Alkmene.

Also schon an ihrem Platz?

Die Sclavin.

Der Vierte wird wohl auch nicht lang' mehr
außenbleiben!

Alkmene.

Wer ist der Vierte?

Die Sclavin.

Thraso, der Soldat.

Alkmene.

Der Prahler!

Die Sclavin.

Da die Nacht so lange währte,
Erbot er mit den Parasiten sich zugleich,
Dem Sosia, für den Amphitryon besorgt
schien,
Schnell in verstärkten Märschen nachzueilen,
Damit im Finstern ihm kein Unfall zustieß.

Alkmene.

O armer Sosia, da warst du schlecht berathen!

Die Sclavin.

Doch scheint es, haben sie sich unterwegs
verfehlt!

Alkmene.

So trafen sie sich hier zuerst im Hause?

Die Sclavin.

Nein,
Noch nicht! Noch sitzen sie getrennt durch
Küch' und Speisekammer.

Alkmene.

Ich will sie sprechen! — Bringt sie alle
drey!

(die Sclavin ab)

Alkmene.

(zu den Uebrigen)

Ihr aber, meine Sclavinnen, hört an!
Drey Tag' lang soll das schnelle Webschiff
feyern!

Drey Tag' lang klinge nun der Klang von
schönen Leyern!

So lang' auch ruh die flücht'ge Spindel
aus!

Denn dieses sey der Freude Zeichen diesem
Haus,

Daß ihm das schönste aller Erdengüter,

Daß wieder worden ist ihm ein Gebieter!

(die Sclavinnen mit einer Verneigung ab)

Damoklcia. Hinterher Doriskus, der
Koch, mit den beyden Parasiten.

Alkmene (ihr entgegen).

Gut, Damoklcia, daß du kömmst! — Nun,
Mütterchen,

Sind unsre neuen Gäste auch recht wohl
bewirthet?

Damoklcia.

Befrag sie selbst! Dort bringt Doriskus sie:

Der meinige verweilt noch in des schönen
Hauses Küche,
Ich komm' nur, um Erlaubniß zu erbitten
Von dir, mein holdes Kind, für ihn zwey
Flaschen
Des alt = balsam'schen Steinweins zu ent=
siegeln.

Alkmene.

Die ist dir unerbeten längst ertheilt!

Damokleia.

Man fragt doch lieber zu!

(mit Geschäftigkeit ab)

Alkmene.

Sieh da, Doriskus!
Nun, wie ich seh', hast du ja auch schon
wieder Zuspruch!
Sind das die Parasiten Licht und Schat=
ten?

Licht.

Zu dienen, edle Frau! Ich hier bin Licht!

Schatten.

Ja, und wo Licht ist, wißt ihr, ist auch
Schatten!

Alkmene.

Was macht Amphitryon? Und warum hat
Er sich von euch getrennt? Das möcht' ich
wissen!

Schatten.

Mich, edle Frau, wird er nicht sehr ver-
missen;
Denn, wo'r mit seinem Schwert nur hin-
tritt, ist ein Schatten!

Licht.

Doch mich um desto mehr!

14

Schatten.

Schweig, Licht, dich vollends gar
nicht!

Licht.

Was? bin ich nicht das Licht in der Ver-
sammlung?

Schatten.

Und stamm' ich nicht vom ältesten Geschlecht,
Zu dem Achill und Hektor auch gehört?

Doriskus.

Du?

Schatten.

Freylich! Sagt, was ist wohl in der
Unterwelt

Achill?

Licht.

Ein Schatten!

Schatten.
Und was Hektor?

Doriskus.
Auch ein Schatten!

Schatten.
Und Agamemnon?

Licht.
Nun, ein Schatten ebenfalls!

Schatten.
Und folglich! Schatten sind sie allzumahl,
Und was sie sind, das müßt ihr erst noch
werden;
Und was ihr werden werd't, das bin ich
schon!

Licht.
Licht ist das erstgebohrne Kind der Götter!

14 *

Schatten.

Gelogen, Schatten ist um einen Tag noch
älter!

Licht.

Ja, ja, was wahr ist, Schatten ist mein
ältrer Bruder!

Alkmene.

Nun wechselt dir, Doriskus, auch der
Dienst,
Und häufiger wird deine Gegenwart
Der Heerd, der Küche schönes Feuer for=
dern!

Doriskus.

Das ist mir eben recht, beym Jupiter!
Nichts Leid'gers doch, als eine ausgestorb=
ne Küche!
Ich lob' es mir, wo voll die Tische stets
besetzt sind;

Wo Kuchen stets in schönen Pfannen steht;
Stets Fleisch am Spieße zischt; stets Fisch
auf Kohlen brätelt!

Licht. (traurig)

Ja, ja — das ist der Vortheil einer großen
Küche:
O wie beneid' ich euch um solchen Stand!

Schatten.

Oft sah ich es recht mit Verwunderung,
Wie so geehrt vor allem Volk ihr seyd,
Geliebtester Dorislus! So, zum Beyspiel,
Erscheint ihr auf dem Markt — umgibt
euch Alles;
Will euch bedienen, drängt sich um die
Kundschaft!
Wurststopfer schütteln euch die Hand und
rufen:

„Wie geht's? wie steht das Leben, Herr
Dorisklus?

„Braucht ihr, es anzufrischen, etwas Wurst?
„Befehlt, hier ist ein angeschnitt'nes Prob-
stück!" —

Fischhändler rufen euch entgegen: „guten
Tag!

„Ey, Herr Dorisklus, habt's doch nicht so
eilig!

„So wartet doch, bis man euch einen Aal
„In eures Mantels schönen Zipfel bindet!"
Die Vogelfänger bleiben auch nicht nach.
Sie zupfen euch im Weggehn noch am Er-
mel;

Sie schreyen euch ins Ohr: „pst, Herr Dorisklus,

„Der alten Kundschaft wegen, nehmt von
Unser einem

„Doch auch etwas zum Angedenken mit,
„So ein Paar fette Krammetsvögel, oder
        Droffeln!"
— Und zwar mit Recht verehrt euch so der
        Markt. —
„Die Eyer taugen nichts!" ruft so Doris-
        kus:
So ist's ein Donnerwort — und Niemund
        kauft —
Denn eu'r Geschmack ist Unser Aller Richt-
        schnur!

Alkmene.

Bringt ihr mir sonst noch einen Auftrag
        mit,
Wovon in meinem Brief hier nichts ent-
        halten ist?

Licht.

Nur einen. Er betrifft den Koch Dorislus.

Schatten.

Und ist bereits an diesen ausgerichtet!

Doriskus.

Aufs pünktlichste. Es heißt Amphitryon,
Mein Herr, für einen Opferstier mich sorgen.

Alkmene.

Sieh, da kommt ja auch unser Sosia!

Damokleia. Sosia 1. Die Vori-
gen. Licht und Schatten der Schaff-
nerin und ihrem Begleiter entgegen.

Schatten.

Ey ey, Herr Sosia, sieh da, willkommen!

Licht.

Wie gehts, wie stehts? Frisch auf den Beinen?

Sosia 1.

Wie ihr seht!

Und ihr?

Licht.

So leidlich! Etwas noch vom Wege
angegriffen!

Schatten.

Die Ursach' ist, Licht macht sich nicht genug
Bewegung!

Licht.

Nicht g'nug Bewegung? Güt'ge Götter,
wißt, (auf Schatten deutend)
Dreymal des Tag's hier geh' ich 'rum um
diesen Schmeerbauch,
Und das nun nennt ihr noch nicht genug
Bewegung, he?

Sofia x.

In meinem Auftrag an Doriskus ist
Der Herrn mit ein Paar Worten auch ge=
dacht!

Licht (neugierig)

Wie?

Sofia 1.

Schlimm genug!

Schatten.

Ey laß doch hören!

Sofia 1.

Also spricht
Amphitryon, mein Herr, durch meinen
Mund:
„Geh, meld' Alkmenen meinen Gruß in
Theben:
„Ich träfe noch heut Abend selber ein;
„Dem Schurken aber, dem Doriskus, sollst
du melden —

Doriskus.

Nein, so hat nun und nimmermehr mein
Herr gesagt!

Die Parasiten.

So hat er nicht gesagt, nein, wir bezeu-
gen's.

Sosia 1.

Euch köpft der Koch das Maul, drum habt
ihr's Schweigens!

Damokleia.

Fahr fort!

Sosia 1.

„Er möchte sich auf funfzehn Opferstiere,
„Zum Essen für die drey Theban'schen
Stadtquartiere,
„Zwölf Widder, hundert Schafe, und für
Lichten
„Und Schatten, kämen sie — auf hundert
Prügel richten.

Licht.

Das ist die giftigste Verläumdung!

Schatten.

Und ohn' Grund!

Licht.

So was kommt niemals aus des guten
Herren Mund!

Schatten.

Nein, dazu kennt er seine Freunde, und
vergißt —

Licht.

Nie, was ein Licht —

Schatten.

Ein Schatten —

Doriskus.

Und ein Mundloch ist!

Damoklcia.

Was? Hundert Schaf'? Das ist beynah ja
'ne ganze Heerde!

Licht.

Und hundert Prüg'l. — 's ist mehr, als zu
'ner Tracht gehörte!

Sosia x.

So theilt sie unter euch!

Doriskus.

Ein Schurk' ich? Element!

Schatten.

Ich werde schwarz vor Gall'!

Licht.

Licht ist entbrennt!

Schatten.

Licht ist entbrennt! Gebt Acht, nun kömmt
die Klarheit!

Licht.

In zweyer Zeugen Mund besteht die Wahrheit!

Alkmene.

Wem soll ich glauben?

Licht.

Uns — wir gingen später aus!

Sofia x.

Mir — denn ich brachte dir den Brief
in's Haus —

Damolleia.

Schweigt! — Weder Einem noch dem Andern! — (zu Alkme-
nen!
Darf ich rathen:
So hören wir erst Thraso den Soldaten!

Sofia x.

Sein Zeugniß gilt nichts, da bekannt sein
Prahlen!

Licht.

Es gilt! Kommt, binden wir uns unter
die Sandalen!

Doriskus.

Sprecht erst, ihr Herrn, noch in der Küche vor!

Licht.

Dann fort zu Thraso!

Doriskus.

Fort zu Thais Chor!

(mit den Parasiten ab.)

Vierte Scene.

Doriskus, der Koch, der den beyden Parasiten Licht und Schatten seinen Einzug
in Theben, und die Revolution, die er daselbst
veranlaßt, erzählt.

Damokleia.
(hinter der Scene)

Doriskus!

Doriskus
(mit den beyden Parasiten)

Damokleia.

Seyd ihr Beyden auch noch da?
Ich glaubt' euch lange schon zu Thraso
fort!

Licht.

So eben sind wir im Begriff und nahn der
Thür!

Damokleia

(zu Doriskus)

Es bleibt indeß bey einem Opferstier!

(ab)

Doriskus.

Es wär' auch ohnedieß dabey geblieben!
Ich richte ganz nach euch mich in der Zahl
der Schüsseln.
Der Grobian! Was? Einen Schurken mich
zu heißen?
Euch aber dank' ich, Freunde, daß vorhin
Ihr euch so warm hier meiner annahmt!

Licht.

Schuldigkeit!

Schatten.

Sonst nichts, sonst nichts, mein lieber
Herr Doriskus!

Doriskus.

Freylich! Fest mit dem Koche steht und
fällt der Parasit!
Nicht immer war's hier so, ihr könnt' mir's
glauben,
Ein'n solchen Ueberfluß, von Wein und
Tauben,
Von schönen Dattelfrüchten, Fleisch und
Trauben,
Nicht immer sah man ihn auf Thebens
Markt!

Licht.

Wir wissen's, o wir wissen's, lieber Herr
Doriskus!

Doriskus.

Und wem verdankt ihr's, daß, für Arm'
und Reich',
Nun da sind Victualien in Menge,

Daß in des schönen Federvieh's Gedränge
Man fast ersticket?

Schatten.

Ey, wem sonst, als wieder euch!

Doriskus.

Nun 's freut mich, daß auch dieß von
euch bemerkt ist!

Ja seht, ich bin's, durch den die Zufuhr
hier verstärkt ist!

Neunzehn Jahre sind es nun, mit verfloß-
nem Weinmond eben',

Seht, da führte mich das Schicksal her
von Sicyon nach Theben!

Ganz erbärmlich ging es damals, Freunde,
zu in diesem Neste:

Niemand, der Pasteten backte, Niemand,
welcher einlud Gäste!

So mit ganz gemeinem Essen stets gewohnt
        vorlieb zu nehmen,
Kannten sie vom Hörensagen kaum euch
        Eyermilch und Cremen;
Kohl, ein Schnitt gemeiner Speck, den man
        an den Haken hängte,
Seht, das war's, worauf sich damals noch die
        Kochkunst hier beschränkte.
Darum lebt' ich unbekannt lang' auch die-
        sem rohen Volke,
Denn Minerva selbst verhüllte mich in eine
        Garküchwolke,
In der Vorstadt, wo ich Schiffern, aus ge-
        meinen ird'nen Töpfen,
Mittags pflegte Zugemüs' und kleine Brat-
        fisch' einzuschöpfen:
Nun das ging, so lang wie's ging denn, bis
        es sich einmal so fügte,

Daß der König eine Schildkröt' aus Sici-
       liens Häfen kriegte,
Und von seinen Köchen Niemand war, der
       sie bereiten konnte:
Damals zog ein Wetter auf am Theban'-
       schen Horizonte;
Denn nun brach es schrecklich auf, und war
       klar am Tag gelegen,
Was so Kunst als Wissenschaft einem Lande
       nutzen mögen;
Ja nun konnte mein Verdienst auch länger
       nicht im Stillen bleiben:
Bald im ganzen Volk entstand nun ein Ge-
       murmel und ein Treiben,
Wo in einem Nachbarshaufen nur ein Koch
       den Andern sah,
Hieß es: „wär' der Koch der Vorstadt, wär'
       nur der Doriskus da!"

Und der König, der dieß hörte, sandte Bo-
                then aus an Bothen;
Auf der Diele stand ich eben — in dem Kes-
                sel kochten Schoten —
Horch ein Klopfen vor der Thüre — Wagen
                wie an Wagen rollte —
Vor die Garküch', wo die neue Sonne The-
                bens glänzen sollte ! —
Ja nun fiel berühmt zu seyn mir zum eh-
                renvollen Loose ;
Denn der König selbst, nachdem er meine
                Mundpastetensauce
Mit dem Löffel kaum gekostet — glaubt nur,
                daß ich Wahrheit spreche —
Drückte mir die Hand, und hieß mich — ei-
                nen König aller Köche.
Und nun ward ich ein berühmter, großer Mann
                in Thebens Stadt,

Weit berühmt durch mein Gebacknes und
       durch meinen Citternat;
Ward zum Muster aufgestellt jeglichem ge
      ringern Koche;
Meine Krebsebutter machte in der Weltge-
      schicht' Epoche;
Meine Schwämme, meine Morcheln, meine
      Trüffeln, meine Pilze; —
Ja sogar nach mir den Namen gab man
      einer eignen Sülze;
Sülze des Doriskus wurde nun ein Lieb-
      lingstisch der Großen;
Damals lerntet ihr mich kennen, habt euch
      an mich angeschlossen,
Und in Kurzem ward ganz Theben, umge-
      formt der ganze Staat
Durch zwey Parasiten und durch eines
      Mundlochs weisen Rath.

Tretet näher, mich ergreifet edeler Begeist=
rung Hitze,

Freunde, daß ich mich auf eure treuerprob=
ten Schultern stütze!

Welt und Nachwelt soll es wissen, Fama
weit und breit verkünden,

Wo am schönen Heerde Feuer man gewohnt
ist anzuzünden,

Bey Europas klugen Völkern, bey den na=
hen, wie entfernten,

Daß durch uns zuerst hier essen diese Hun=
gerleider lernten;

Arme Schlucker, die bisher nur ihren Hun=
ger grob gestillt,

Bis wir den Gebrauch von Wildbret und
Pasteten Ihn'n enthüllt! —

Also bricht zuletzt die Sonne dennoch durch
die Nebeldünste,

Die sie trüb umhüllten, und dem wahrhaft
            echten Glanz=Verdienste,
Trotz der Neidsucht groben Hülle, lieben
            Freunde, glaubt mir dieß,
Ist zuletzt bey Welt und Nachwelt dennoch
            stets sein Sieg gewiß!
        (mit den Parasiten ab)

Fünfte Scene.

Jupiter der, in Amphitryons Gestalt,
  zu Alkmenen ins Haus schleicht, verschenkt an
  Mercur die Plejaden und das Siebengestirn.

Jupiter.
Mercur, nun hast du was auf's Neu
            begonnen?

Mercur.

Sechs Einfäll', frisch im Kopf erst aus-
gesonnen!

Jupiter.

Mit Licht und Schatten, mit dem Prahler
Thrafo —
Dem Volks, und Linfenmahl — dem Koch.
Dorislus —
Dem aufgefifchten Sofia und dem Bart —

Mercur.

Ihr wißt's ja haarllein!

Jupiter.

Göttergegenwart!
Und jeder der sechs Einfäll', Sohn, ist
Gold's werth!

Mercur.

(der die Hand hinhält)

Herr Vater, nun so macht nur auch 'mal
Anstalt!

Für Nummer Eins? —

Jupiter.

Schenk' ich dir die Plejaden!

Mercur.

Für Nummer Zwey?

Jupiter.

Steck' ein das Siebengestirn!

Mercur.

Für Nummer drey? —

Jupiter.

Ist den Orion werth!

Mercur.

So schweig' ich lieber von den andern
Nummern,

Und mäß'ge meinen Witz —

Jupiter.

Wie so?

Mercur.

Ihr fragt?
Der halbe Sternpol ist ja schon in meiner
Tasche,
Herr Vater, wenn ich euch durch Witz noch
länger überrasche,
Obgleich des Himmels und der Erde mächt'-
ger Gott:
So machtet ihr zuletzt an Sternen gar
bank'rott!

Jupiter.

Wie steht es mit dem Schleyer?

Mercur.

Abgegeben!

Jupiter.

Werd' ich erwartet?

Mercur.

Diesen Augenblick! So eben!

Jupiter.

(schleunig in's Haus)

Mercur.

(ihm nachblickend)

Beglückter Jupiter! Es winken die
Gestirne dir verstohlnen Beyfall zu;
Die Nacht verlängert sich zu süßer Ruh;
Aus ihrem Wolkenschleyer traulich lacht
Dir Freundin Luna: freue dich der Nacht!

Sechste Scene.

Licht und Schatten und der Koch Do=
risius nähern sich mit dem Prahler
Thraso, den sie zu Hülfe gerufen, und der,
durch die Beleidigungen, die der vermeinte
Sosia gegen ihn ausgestoßen, gereizt,
das Haus Amphitryons förmlich belagert. —
Licht und Schatten. — Hinterher Thra=
so und der Koch Dorisius.

Schatten.

Kommt Thraso schon, die alte Kriegskarkasse?

Licht.
(leuchtend)

Ja, seine Nas' ist um die Ecke von der
Straße!

Schatten.

Da ist er in ein Paar Minuten auch
wohl da!

Licht.

Ich hör' ihn schreyn! —

Schatten.

Das ist sein Tritt, ja, ja!

Thraso.

(der geharnischt hinter der Scene heranklingt)

Licht!

Licht.

Holla!

Thraso.

Schatten!

Schatten.

Hier!

Thraso.

Doriskus!

Doriskus.

He !

Thraso.
(hervortretend)

Gebt Meldung, ist beysammen die Armee?

Licht.

Vollzählig !

Thraso.
Doch wo bleiben Hauptmann
Brummherum und Krach?

Licht.
Sie kommen nicht, sie haben heut die
Wach'!

Thraso.
Nun wiederhohlt mir das blasphemische Ge-
spreche,

Das Sosia verführt, in Gegenwart der
Köche!

Schatten.

Er wagt's, uns hundert Prügel anzu-
drohen!

Thraso.

Wem?

Schatten.

Uns und euch, dem edelsten Heroen.

Thraso.

Der Hund! (seinen Degenknopf in die Scheide
zurückstoßend) Geduld' ein wenig noch
in deiner Scheide Garnison

Dich hier, mein Schwert! Bald kriegst du
Futter nun, mein Sohn!

Klopft an die Thür! Meld'tihm, daß Thraso nah ist!

Licht.

Ich fürchte nur! —

Thraſo. (drohend)
Wer fürcht't, wo Thraſo da iſt?

Schatten.
Niemand! — Doch haſt du, o mein Held
und Herr und König,
Nicht von dem Pulver, feſtzumachen uns
ein wenig?

Thraſo.
(der ihnen ein paar Päcke zuwirft)
Da!

Licht.
Was iſt's?

Thraſo.
Hirſchhorn und pulv'riſirte Löwenklau!

Schatten.
Was ſoll das aber helfen, ſagt's genau!

Thraso.

Gleichwie das tapferste der Landthier' ist
der Leu:

Wohnt Löwenmuth der Löwenklau auch bey!

Licht.

Und was hat's mit dem Hirschhorn für Bewandtniß?

Eröffnet, lieber Herr, uns drob auch das
Verständniß!

Thraso.

Gleichwie das flüchtigste der Landthier' ist
das Reh:

Dient Hirschhorn zu Retraiten der Armee!

Licht.

Herr, kann man alle zwey nicht zur Re-
traite brauchen,

Hirschhorn und Löwenklau?

Thraso.

Da seh mir eins den Gauchen!

Licht.

Denn da der Leu den Hals der Hirschkuh
bricht,

Muß er ja schneller seyn im Lauf noch;
meint ihr nicht?

Thraso.

Dummkopf!

Licht.

Meinshalb auch! Sagt nur, ist das
Hirschhorn recht bewährt?

Schatten.

Die Wunder, die es thut, sind unerhört!
So thät Herr Thraso nur noch neulich ein
Paar Stiefeln mir verkaufen:
Sieh, Licht, da spürt' ich recht des Hirsch-
horns edle Kraft:

Denn diese Stiefel waren dir, vom Schaft
Bis auf die Sohlen, rein, rein abgelaufen!

Thraso.

Nun g'nug der Possen und der Narren-
theidung!
Und laßt bedacht uns seyn auf Angriff und
Vertheid'gung!
Klopft an!

(Licht klopft)
Sofia 1. (von oben)

Wer klopft? — Was soll die Nacht-
musik?

Licht.

Herr Thraso ist's!

Sofia 1.

Das alte Waffenstück?
Was will er? Kömmt er, sich die hundert
Prügel abzuhohlen?

Juckt's ihn so sehr drum unter seinen Sohlen?

Licht.

Elendester! — O Sclav'! Ergreift dich
Wuth zum Rasen?
Dem Helden, welcher, mit dem Schatten
bloß von seiner Nasen,
Soldaten oft zu Dußenden verjagt' aus
feindlichen Gebieten:
Dem wagst du, unter seiner Nas' hier,
Troß zu bieten?

Sofia x.

Nun, nun, um seine Nase wollen wir nicht
rechten:
Ist sie so lang, als wie ihr sagt: nun gut
— so werden wir im Schatten fechten!

Thraso.

Nun bricht mein Ingrimm durch die Däm-
me der Geduld.

Laufhauſiſches Geſchütz, Steinhagel, Kata-
pult,

Gift, Sarras, Dolch und Schwert, Brumm-
'rum und Mauerbrecher,

Ihr Hauptleut', all' herbey!

Soſia 1.

Armſeliger Großſprecher!

Meinſt du, es fehl' uns hier im Hauſe auch
an Waffen?

Hört, Kuchenbecken, auf im Kuchenteig zu
ſchaffen,

Und ſchafft ſogleich vom Hauptmann Brummherum

Mir da das Antlitz zum Paſtetenteige um!

Schatten. (furchtsam)

Schon hör' ich Waffen nahen aller Arten!

Licht.

Herr, wär's nicht gut, Verstärkung abzu-
warten?

Thraso. (laut)

Recht, Licht! Lauf Augenblicks zu Thais
Thor!

Es rücke Pyrrhus mit dem Fußvolk vor!

Bescheid hierher die funfzig Bogenschützen!

Befiehl den zwanzig Reitern aufzusitzen!

Mit ihnen soll, wie mit der Garnison aus
Afiens festen Plätzen,

Mein Sohn, der Pyrrhus, gleich in Marsch
sich setzen!

Schatten.

Herr Pyrrhus, euer Sohn, der kann ja noch
nicht laufen!

Der ift ja kaum zwölf Monath alt!

Thrafo.

Nicht laufen?
Wie, Schurke, weißt du nicht, daß, was
ein ächt Soldatenblut ift,
Daß das marfchirt, fo wie es auf die Welt
kömmt?

Schatten.

Ich hatt's vergeffen, Herr, wenn ihr's nicht
übelnehmt!

Licht.

Der Lärm bricht ein! Fliehn wir, fonft
wird's zu fpät!

Thrafo.

Richt't euch! In Ordnung angetreten die
Retrait'.

(Beym erften Geräufch laufen alle drey davon)

Licht. (Im Weglaufen)

Nun flink dem Hirschhorn sich vertraut,
Und weder links noch rechts sich umgeschaut.

Doriskus, der allein stehen geblieben.

Die ganze Küche naht armirt!

(zu den Köchen und untern Küchenbedienten, die
mit Feuerzangen, Schüreisen und andern Kü-
chen-Instrumenten bewaffnet auf ihn einstürzen)

Respect, ihr Schurken, der dem Oberkoch
gebührt!

Sofia r.

Schlagt zu! Schont Niemand!

Doriskus.

Nun, ich geb' mich ja gefangen!

Sofia r.

Schließt Waffenstillstand denn auf sein Ver-
langen!

Erster Artikel.

Verspricht, auf mein Gebot,
Der Oberkoch Doriskus, so viel Brot
Und Kuchen wir vorhin für gut befanden,
Zu backen —

Doriskus.

Numm'ro Eins wird zugestanden!

Sosia I.

Zweiter Artikel.

Verspricht der Oberkoch,
Sich, weder in der Zahl der Opferstiere,
noch
Der Schaf' und Widder, mir, dem Küchen-
abgesandten,
Zu widersetzen —

Doriskus.

Numm'ro Zwey wird zugestanden.

Sofia r.

Dritter Artikel.

Nach abgeschloffener Capitulation
Besteigt der Koch Dorisfus wieder seinen
Thron,
Mit allen feinen Rechten und Gefällen,
Die, über Kuchenbecken und Gefellen,
Et caetera, er wird im felben Augenblicke
überfommen.

Dorisfus.

Ratificirt, fo an der Küchentrauf' und an=
genommen!

(mit den andern Küchenbedienten ab in's
Haus)

Siebente Scene.

Sofia, der Sclav', der, als König Priamus, dem kleinen Amyntichus, mit einem Stück Sesamskuchen, nach Troja auf und davon läuft.

Sofia 1. (zu Amyntichus)

Laß mich Achill seyn, hörst du!

Amyntichus.

Du? dir guckt
Der bloße Fuß ja aus zerrißnem Schuh!

Sofia 1.

Ey Schade was dafür! Das ist die Stelle,
Woran mich Thetis in den Styx einst tauchte;
Der einz'ge Fleck, woran ich nur verwund-
bar bin!

Amyntichus.

Nein, nein!

Sofia x.

Nun gut, so bleibt es, wie zuvor!
Die Abred' ist — dieß Mäuerchen ist Troja;
Du bist Achill; der Todte da ist Hektor!

Amyntichus.

Ja, Dank den Göttern! Hektor ist erlegt:
Komm, Priamus, und fordre nun die Lösung,
Und stell' dich kläglich, wie's dem Vater
ziemt!

Sofia x.

(Der seine Schüssel auf das Mäuerchen setzt, über
dem Todten)

O Hektor, Hektor, Hektor, höre mich!
O höre, höre, höre mich, mein Hektor!

Amyntichus. (verdrüßlich)
„O höre, höre, höre;" weißt du denn
Sonst nichts, als „höre, hör'" und „Hek-
                    tor" vorzubringen?
                Sosia 1.
Sonst nichts, was angemeßner wär'! Sag an,
Nicht wahr, der Hektor da ist todt?
                Amyntichus.
                    Nun freylich!
                Sosia 1.
Und folglich! Alle Todten hören schwer:
Da kann man immer zwey bis dreymal
                    hör' mich rufen,
Und immer ist die Frag' noch, ob sie hören!
                Amyntichus.
Du bist ein schlechter König Priamus!
            Davis. (sich aufrichtend)
Ich höre! —

Amyntichus.

Nun wird vollends der mir auch noch
wach!

Du, Davis, lieg doch still! Wie schickt sich's
denn

Für einen Todten, sich vom Schlachtfeld
aufzurichten?

Davis.

Mir wird die Zeit hier lang — sagt, krieg'
ich bald

Das Stück versprochnen, süßen Feigenku-
chens?

Amyntichus.

Nein, nun, da du gehört hast, kriegst du
nichts;

Das wird für einen andern Todten aufbe-
wahrt,

Für einen, der nicht hört! Die schöne Lösung

Von Priamus bestand darin: doch nun,

Da du gehört hast, kriegst du keinen Bissen!

Davis.

(der aufspringt und davon läuft)

Nun gut, so geh' ich zu der Mutter in die
Küche!

Amyntichus.

(der ihm traurig nachblickt)

Was sagst du Priamus zu solchem Greu'l?

Sofia 1.

(der seine Schüssel von dem Mäuerchen abnimmt)

Nun, da mein Sohn, der Hektor, so gesund

Davon auf seinen beyden Beinen geht:

So nehm' ich auch die schöne Lösung hier,

Den Feigenkuchen, wieder mit nach Troja!

(läuft gleichfalls davon)

Amynthus.

Das ist ein unverschämtes, wüstes Volk,
Das weder lebend was, noch sterbend nützt!
Ich bin des Spiel's mit ihnen überdrüßig,
Und wollt', es wär' ein andres Troja hier!
Ah gut, da kömmt mein Vater! Eben recht!

Achte Scene.

Sosia, der Sclav, den man, aus Verwechs-
lung mit dem falschen Sosia in einen Fluß
geworfen, und dem Jupiter, in der Gestalt seines Herrn, freystellt, auf einen Tag Jupiter zu seyn. —

Amphitryon 1.

Mercur! — Auch unsichtbar vernimmst du
meine Stimme,

Und bleibst entfernt, wie in der Gegenwart,

Mein Bothe noch!

Mercur. (erscheint)

So eben ging Amphitryon:

Er schien zum Besten nicht gestimmt und
aufgeräumt!

Amphitryon 1.

Wir sind Ersatz ihm schuldig!

Mercur.

Und wofür?

Amphitryon 1.

Für all' die Unruh, die wir ihm verur-
sacht!

Mercur.

Das geht mit drein!

Amphitryon 1.

Nicht so Mercur!

17 *

Mercur.

Nun gut,
Und wenn's durchaus denn ein Geschenk
seyn soll:
Du weißt, er wünscht schon lang' ein kleines Landgut!

Amphitryon 1.

Nichts weiß ich — aber du weißt längst,
Mercur,
Daß mich dergleichen Wünsche nichts mehr
kümmern!

Mercur.

Ja — je zuweilen sind sie etwas ungereimt!

Amphitryon 1.

So thöricht sprich — daß, wo man Einem
hilft,
Man hundert oft, und wider eignen Willen, schadet!

Hier ruft in einer Segeltuchfabrik
Ein Meister aus: „wie thu' ich Armer doch
So manchen Stich den lieben langen Tag,
Auf meine Arbeit krumm und schwer gebückt!
Wie glücklich, wer am Mast die Segel spannt,
Die ich verfertige!" — Dagegen schreyt
Der Schiffer, wenn das Segel nasser träuft,
Das seine Hand im Sturm herunter hißt:
„Beglückt, wer trocken dich im Winkel nähte!"
Nun spräch' ich zu den beyden ungesäumt:
Vertauscht die Rollen da, ihr Unzufriedenen,
Du Schiffersmann, und du da Segelschneider! —

Du nimm den Nähring — du das Steuer-
ruder!

Du näh das Segeltuch — du spann es auf! —

Sie wollten nicht! — Was ist mit solchem
Volk

Nun anzufangen, als daß, eingenäht

In einen Sack, vom gröbsten Segeltuch,

Man sie im Meer da, wo's am tiefsten ist,
ersäufte!

Mercur.

Nun, nun, gib du Amphitryon das Landgut nur!

Ich gebe dir mein Wort — er wird schon
wollen,

Und ein erfüllter Wunsch ihn nie gereuen!

Amphitryon r.

So geh, und bring sogleich das Geld dem
Eigenthümer,

In Sosias Gestalt! —

Mercur.

Dort kömmt er selbst,
Frisch aus dem Asopus heraufgefischt,
Und scheint noch etwas auf die Götter un-
gehalten.

Amphitryon 1.

Gut, gut! Sein Zorn wird mir indeß die
Zeit vertreiben!
Noch soll, eh wir zurück uns zum Olymp
verfügen,
Erst die Verwirrung hier ein wenig uns
vergnügen!
Auch ist's so nöthig für Amphitryon! —
Der muß erfahren,
Daß er und Jupiter heut Nebenbuhler
waren;

Erfährt er dieß nicht selbst aus meinem
Mund :
So würde nie sein Herz von Argwohn ganz
gesund !

(Mercur ab)

Amphitryon 1. Sofia 2, der von der
entgegengesetzten Seite auftritt.

Sofia 2.

Da wären wir denn wieder, Dank den
Fischern
Und ihrem Netz! — Das andre Dankgebet,
Das für die Götter, wollen wir noch spa-
ren ! —

(für sich)

Doch sieh ! da ist ja wohl mein Herr Amphitryon !
Ich will nur thun, als wär' nichts vorge-
fallen !

Man richtet so bey ihm mit Zorn nichts
aus!
Ich kenn' ihn schon! — Der Hitzkopf der!
Er wär' im Stande,
Und ließe mich zum zweytenmal ersäufen! —

Amphitryon 1.
(der sich indessen genähert)

Du scheinst sehr unzufrieden mit der Welt=
regierung?

Sofia 2.

Herr, wer ist's nicht, und wer hat nicht
auch darzu Ursach'!

Amphitryon 1.

Gesetzt, du wärst am Platz' von Jupiter:
Getrautest du's dir allen recht zu machen?

Sofia 2.

Bey Ceres, unsrer lieben Fraun, das denk'
ich! — Nach Verdienst

Mäß' ich das Seine Jedem zu, und's müßte
      schlimm seyn,
Wenn's nicht, in vier und zwanzig Stun-
      den längstens schon,
Weit besser mit der Welt beschaffen wäre!
      Amphitryon 1.
Du unternimmst nichts Kleines, Freund,
      und wie gedächteſt
Du denn wohl deinen Tag so einzutheilen?
      Sosia 2.
Hört an! — Gleich mit dem Frühsten
      ſtänd' ich auf,
Und nähme nach dem Markt den Lauf,
Von Bohnen, Linsen, Hülsenfrüchten
Den Preis zu hören, um mit Wind
Und Regen mich darnach zu richten!
      Amphitryon 1.
Nun löblich nenn' ich das und gutgesinnt!

Sofia 2.

Das ist nur so , damit das Armuth keinen
Abbruch litt!

Amphitryon 1.

Daß du dich seiner annimmst , das ist
billig!

Sofia 2.

Dann, käm' es weiter auf den Tag,
Versammelt' ich um meinen Thron,
In dem olympischen Pallaste,
Gewerb' und Innungen, so viel
In seinem Umkreis Theben faßte ; —
Die Schuster, Hüther, Fleischer, Schneider,
Die Schmiede, Tischler, und so weiter ;
Die Oel verkaufen, oder pressen ;
Die Becker ja nicht zu vergessen ;
Denn unter'n letzten, güt'ge Götter,
Sollt ihr nur wissen, hab' ich einen Vetter!

Amphitryon 1.

Und der geht billig allen Andern vor!

Sofia 2.

Nun spräch' ich, wäre der Olymp ganz
Ohr;

Ich aber redete sie also an —

In corpore — nicht jeden einzeln'n Mann: —

„O ihr betriebsam edeln Leute,

„Ihr Herren Mau'r= und Zimmerleute,

„Ihr Herren Schuster und Poeten,

„Die ihr euch quält mit Leist und Pfriem
und Nähten,

„Et caetera, et caetera!

„Ich dermal Jupiter, sonst Sofia,

„Ich füge hiermit kund euch und zu wissen,

„Daß euer Zustand mich zum Mitleid hin=
gerissen!

„Wie kläglich ist es in der Welt

„Doch um euch armes Volk bestellt!

„Ihr macht die Schuh — und tragt sie
nicht;

„Ihr mäst't die Kuh — und schlacht't sie
nicht;

„Ihr baut die Rüb' — und schabt sie nicht;

„Ihr stopft die Wurst — und habt sie nicht;

„Ihr macht die Vers' — und singt sie nicht;

„Ihr pflanzt die Traub' — und trinkt sie
nicht; —

Das soll in Zukunft anders seyn,

Und Wurst und Vers, und Brot und Wein,

Und was vom Land kömmt und von Meeren,

Soll allen Menschen angehören,

Soll seyn ein ganz gemeinsam Gut:

Drauf schwenkten fröhlich All' den Hut,

Und riefen: Hoch leb Jupiter!

Ich aber grimm'ger, wie bisher,
Ergriff nun eine Hand voll Blitze,
Die schleudert' ich zum Erdensitze:
„Du Geizhals, laß den Mammonsschatz,
„Mach diesen wackern Leuten Platz!
„Schmarotzer, reiche Tagediebe,
„Schabt euch nun künftig selbst die Rübe!
„Wollt ihr zu Mittag Fisch' verzehren:
„Fischt sie euch selbst in eis'gen Meeren!
„Schmeckt euch ein leckres Wild, ein Reh:
„Laurt selbst ihm auf im tiefsten Schnee!
„Behagt euch Kuchen —

        Amphitryon ꝛ.

               Und so fort!
Das geht vortrefflich, auf mein Wort!
Du hast in Kurzem diese Welt
Ganz umgeformt, was mir gefällt!
Eins tadl' ich nur: du hast indessen

Da selbst, mein Freund, dich ganz vergessen!

Sofia 2.

Das kömmt sogleich! — Auf einmal würd'
                    ich in dem Winkel
Von dem Olymp e'n fremden Mann gewahr,
Der sich bescheiden still im Hintergrund
                    verhielte,
Von mittlerer Statur, lichtbraunen Haaren,
Kurz, in den Vierz'gen so, in meinen Jahren.
Drauf fragt' ich Einen der Umsteh'nden so:
Wer ist der Mann? Könnt ihr es mir nicht
                    sagen?
Und drauf erwiederte ein Andrer so:
„Das ist der Sofia, des Davus Sohn
Aus Theben, und der Sclave des Amphi-
                    tryon!"
Eh ist das der? — Ich habe viel von ihm
                    vernommen:

Sag Einer ihm 'mal, er soll näher kommen!
Ich muß euch sagen, dieser Mensch gefällt
mir :
Er hat so 'was Grundehrlich's im Gesicht,
Was gleich bey'm erften Anblick für ihn
einnimmt,
Und dabey einen äußerst intreffanten Schlag
Von Nafe, grad fo wie ich ihn am liebften
mag !
Tritt näh'r, mein Sohn, und rede unge-
fcheut !

Amphitryon 1.

Vergönn' ein Wort mir Ew. Oberherr-
lichleit !
Der Schurke, dem ihr da das Wort vergönnt,
Iſt mir, und das feit heut nicht erft, be-
kennt ;

s'ift der ritzenvollefte, schwathaft'fte Bub'
in Theben;

Und fängt er einmal an: so wird er eben
Vor Mitternacht kaum Schwatzens Ende
finden —

Und koftbar ift die Zeit, wo Staatsgeschäfte
binden!

Zu dem bedenk' doch Ew. Oberherrlichkeit,

Daß ihr, so wie die andern Götter all', noch
nüchtern seyd!

Mittag ift da, und ihr habt keinen Biffen
noch gegeffen!

Sofia 2.

Gut, gut erinnert! Ja', beym Styr, das
hätt' ich bald vergeffen!

Mittag ift da, und noch find wir so nüchtern, wie ein Fisch:

Mercur und Hebe, deckt fogleich den Tisch!

He! Ruft sogleich mir meinen Oberkoch!

Wo bleibt das Essen? Denn obgleich ein Gott

Ich bin, ein mächt'ger Gott: so mahnt mich doch

Ganz kläglich hier der unerbittliche

Gebieter Bauch, fürwahr ein kläglicher!

Das allerunverschämteste Gefäß;

Was sonst kein andres faßt, das nimmt er auf!

Linsen thust du in den Quersack, aber nie die schönen Eyer;

Denn zu leicht zerbrächest du in dem Quersack dir die Eyer:

Milch auch nimmst du in den Korb wohl, aber nie mit schönen Kuchen;

Denn zu leicht verdürbe da dir die Milch die schönen Kuchen:

So auch füllſt du Wein auf's Weinfaß,
    aber niemals ſchöne Krebſe;
Denn des Schwimmens ungewohnt ſind im
    Weinfaß ſchöne Krebſe:
Aber der Verhaßteſte, allen Städten und
    Provinzen,
Allen Göttern, allen Menſchen — er nimmt
    Eyer; er nimmt Plinzen;
Er nimmt Kuchen; alles, alles, was der
    Markt bringt zum Verkauf,
Alles nimmt wohl eingeſtopft und in ein
    Gefäß er auf,
Blindes Schaltens und Gebährens; denn,
    was noch das Schlimmſte: ſo
Wird er des Beſitzes nimmer einen Tag im
    Jahr nur froh;
Denn je mehr er fremde Güter zum Beſitz
    ſich angemaßt:

Um so ärger brummt der Wüthrig — darum
ist er mir verhaßt!

Amphitryon 1.

Nun darin läßt einmal sich keine Aend-
rung hoffen:
Drum halt ihm immer nur die Tafel offen!
Teschle,
Wähle,
Was, von Speisen, Fleisch und Brot,
Irgend dir steht zu Gebot!

Sofia 2.

Auf rüstig, ihr Schenken, zum himmli-
schen Mahl,
Mercur, Ganymed, nicht gesäumet!
Wo bleibst du, o Hebe? Den goldnen Pokal
Mir gereicht, wie vom Nektar er schäumet!
Was Köstliches bieten die Kelter, die
Trift;

Was gereift in befruchtendem Regen;

Was herben der Schiffer aus Indien ge-
    schifft,

Belade den Tisch mir mit Segen!

Wein aus Chios;

Aus Ambrazien

Hammelfleisch; aus Lokros Austern;

Schöne Datteln aus Palmyra,

Und ein immer voller Nektarkrug

Sind zum Mahle mir heut gut genug!

Amphitryon x. verschwindet. Ein mit Spei-
    sen besetzter Tisch steigt aus der Erde her-
    vor.

Sofia 2.

Ha, was seh' ich?

Träumend steh' ich! —

Ist Amphitryon verschwunden?

Hält ein Zauber mich gebunden?

Sieh, es bauen sich hier Bretter
Mir zum Tisch auf — alle Götter
Haben meinen Ruf vernommen,
Daß ich essen will; sie kommen!
Alle hohe Götterknaben
Streben, hoch mich zu begaben;
Alle Götterfrauen denken,
Herrlich heut mich zu beschenken,
Mich, des Himmels und der Erde Gott!
Ceres bringt mir hier dieß Brot;
Auch Neptun legt einen Fisch
Vor mich hin auf diesen Tisch;
Unter einer Traube Last
Schwer erlieget Bachus fast;
Schönes silbernes Geräth
Bringt Vulkan — und schweigt, und geht! —
Und was hör' ich unten da! Ein Stück
Einer löblichen Tafelmusik? —

Richtig, richtig! Die Syringen
Läßt erklingen,
Munter rührt sie Vater Pan,
Und ich nehm' ein Ständchen von ihm
an!
Auf's Wohlseyn, ihr Götter und Himmli-
schen All,
In der überirdischen Halle!
Wer klopft? — Es ist Hebe! — Sie bringt
den Pokal:
Nur herein ihr Himmlischen Alle!
Wer klopft schon wieder? Eröffnet die
Thür!
Eröffnet die Pforten mir, Schenken!
Lyäus, Lyäus, er nahet sich mir
Mit herrlichen Göttergeschenken!
Lyäus, von deinem Nektar getränkt,
Verjüngt sich der Alte zum Knaben;

Dich aber, Minerva, die immer nur denkt,
Dich Mürrische, mag ich nicht haben!

Tauch leuchtend, o Helios, niedergesenkt
In's Glas, als wolltest den Trauben
Das flüssige Gold, im Weinberg geschenkt,
Mit neidischem Blicke du rauben!

Herrlich, herrlich, wen die Götter doch
besuchen!

Feigenzelter, Wein und Kuchen
Sind bescheret,
Und gewähret;
Kirsch' und Pflaumen
Seinem Gaumen;
Maulbeere schwarz und Erdbeer' roth;
Quittenbrot;
Alles steht ihm zu Gebot!
Selbst Neptun,
Am Harpun,

Muß ihm Fiſch' am Haken bringen;
Und er hört die Sphären ſingen;
Voll von Kuchen trägt er beyde Hände;
Ju — ju — jubilo ohn' Ende!
Und wie herrlich alles, ſelbſt bis auf das
                   Tiſchtuch!

Dieſe Leinwand kömmt aus Memphis;
Ich erkenn' es am Gewirke;
Schade wär's, ſie zu verderben! —
Ich will ſie zuſammenrollen,
Und, um ſie nicht zu beſtecken,
Hier in meine Taſche ſtecken!

         (knüpft es unter)

Auch das Silber läuft nur blau vom Eſſig
                  an!
Und, ich armer Knecht, ich kann
Die Sardellen ja auch ohne Schüſſel eſſen!

      (Indem er ſie gleichfalls wegſteckt)

So! — Nun hurtig den Pokal
In die Hand, und frisch an's Mahl!
(macht sich über das Essen)

Neunte Scene.

Der rechte Amphitryon, der zurück kömmt, und
den Sclaven Sosia, den er beym Schmause
findet, in Ketten schlagen läßt.

Amphitryon 2. Elektryon über die
Straße her zu dem Hause.

Amphitryon 2.

Kommt, Vater, kommt! Ich bin gelaßner
nun, ihr seht's!
Der Her= und Hinweg hat mich abgekühlt;
Auch euer friedlich Antlitz, ich gesteh's,
Wie eurer Sitten Würd' und Freundlichkeit,

Macht das Vergehn der Tochter mir un=
     glaublich!
Nein, nein, kein Ehebett befleckend Blut
Ist so ehrwürd'gem Stamme je entspros=
     sen! —
Ihr kommt zu selten in die Stadt, mein
     Vater!

Elektryon.

Was Volk und Stadt zusammenbringt;
Was euch in Häuser und in Straßen
     zwingt;
Die Noth, einander Licht und Kohlen
Und Kerzen ärmlich abzuhohlen,
Ist mir zuwider! — Mir genügt ein frey=
     rer Raum;
Das freye Feld; der grüne Baum;
Des Himmels Blau; der lust'ge Fluß: —

Hier quält mich nicht der Stunden Ueber-
druß;

Noch einmal wieder jung, wird, unter
grünenden Gesträuchen,

Hier still mein Alter einst der Tod beschlei-
chen!

Amphitryon 2.

Nun kommt in's Haus!

Elektryon.

Wenn es nur auf ist!

Amphitryon 2.

War't

Ihr denn auch heut schon davor?

Elektryon.

Ey freylich!

Und ward so gut, wie ihr, auch abgewiesen!

Amphitryon 2.

Durch wen?

Elektryon.

Befragt ihn selbst! Dort steht er —
Sosia!

Amphitryon 2.
(der ihn plötzlich gewahr wird)

Wie, Schurke, öffentlich hier vor dem
Haus',

Auf offner Straße, richtest du ein Gast-
mahl aus?

Sosia 2.

Herr, laßt euch dadurch nicht zum Zorn
entfeuern:

's geht hoch hier her — ja; aber nicht
vom Euern!

Denn kurz, damit ihr es nur wißt und
faßt:

Ich bin bey Jupiter heut selbst zu Gast!

Amphitryon 2.

O Dieb, wie ihn verworfner nicht die Erde
trägt!

(zu seinen Begleitern)

He, Sclaven!

Die Sclaven.

Herr!

Amphitryon 2.

Fußschellen diesem angelegt!

Elektryon.

Amphitryon!

Amphitryon 2. (seitwärts)

Seyd ruhig, ruhig, Vater!
Ich geh' in's Haus; doch fest entschlossen
keine
Maßregeln, und auch die geringsten nicht,
In dieser Sache übereilt zu nehmen!

Kommt, eh wir zu Alkmenen uns begeben,
Dahier dem Sclaven erst Gehör zu geben!

(mit Elektryon ab in's Haus)

Sosia 2.

Welch ein Wechsel auf der Erde! Noch vor
    Kurzem war ich König;
Schmaust' an hoher Göttertafel; war mir
    der Olymp zu wenig!
Und nun muß ich schimpflich Eisen hier an
    meinen Füßen tragen!
Sclaven, was er vorhat, könnt ihr mir es
    im Vertraun nicht sagen?

1 Sclave.

Dich am Strick herab zu schicken, scheint
    sein Will', in Pluto's Haus!

Sosia 2.

Dieser Weg ist gar zu kurz, und Einem
    geht der Athem aus!

2 Sclave.

Oder man wird auch vor Abend noch viel=
leicht an's Kreuz dich schlagen!

Sofia 2.

Allzuhoch ist auch beschwerlich! 's Klettern
konnt' ich nie vertragen!

3. Sclave.

Noch ein Drittes ist beschieden dir viel=
leicht zum Todesloose:
Du wirst die Cicuta trinken, die ich dir
im Mörser stoße!

Sofia 2.

Pfuy, ein kalter Weg! Es schlottern Einem
darnach die Gebeine,
Und darum versieht man billig sich darauf
mit Brot und Weine!

(indem er einige Brote und Flaschen mit Wein
zu sich gesteckt)

Kommt, ihr Schurken, in der Luft auch
   sind einst eure Grabesmähler:
Daß ihr lebt, ist von den Raben so bloß
   ein Gedächtnißfehler! —
  (ab mit den Sclaven in's Haus)

Zehnte Scene.

Das von Mercur, in der Gestalt des Sosia,
 eingeladne Volk, das sich zu einem Schmause
 einfindet, und **Sosia**, den sein Herr, der
 rechte **Amphitryon**, darüber zur Rechen-
 schaft zieht.

Damokleia.

Vergönnt ein Wort der alten Dienerin!
Der Sosia hat mir von Anbeginn
Verdacht erregt: gut wär's, ihn zu befra-
   gen;

Auch sind der Leute draußen viel, ihn an=
zuklagen!

Amphitryon 2.

Laßt sie herein! Sie finden hier ein offnes
Ohr!

(Man öffnet die Thüren)

Es bring' ein Jeder seine Anklag' vor!

Sosia 2. in Fesseln. Ein Paar Fischer.

Amphitryon 2.

Wer seyd ihr?

Die Fischer.

Ein Paar Fischer!

1 Fischer.

Simon Stock,

Der Aeltere!

Amphitryon 2.

Eu'r Handel?

1. Fischer.

Stockfisch, Herr, zehn Gulden 's Schock!

Amphitryon 2.

Und du?

2. Fischer.

Herr, auch ein Stock, der Stock vom
Steinwall;
Doch mein Artikel ist marinirter Aal!
Dahier, Herr Simon Stock, das ist mein
Ohm.
Wir fischten gestern Bend' in einem Strom:
Da hatten sie den Kerl da h'neingeschmis-
sen:
Der hat, bey'm Aufziehn, uns das Netz
zerrissen!

2. Fischer.

Und da, nach Fischerrecht nun und Gesetz,
Dem Fischer angehört, was ihm sein Netz

Von Fischen bringt, es sey auch, was es
wolle,

Ein Hecht, ein Steinbutt, oder eine Scholle:
Bestehn wir von dem Kerl entweder auf
Ersatz:

Wo nicht, so führen wir ihn auf den Scla=
venplatz ⊦

Sofia 2.

Ein schöner Plan, ihr Stockfisch'! — Und
wie viel

Glaubt ihr für mich, mit Stumpf- und Stiel,
Zu kriegen wohl?

2. Fischer.

Ey nun, zum Ankauf doch von ein
Paar neuen Netzen!

Sofia 2.

Narren ihr! kaum so viel, einen Flick auf's
alte euch zu setzen!

Amphitryon 2.

Ihr seht, ihr müßt vor gleichem Fang euch
künftig hüten:
Für dießmal, Fischer, will ich euch das Netz
vergüten!
Doch welch ein neuer Lärm, der dort her-
einbricht?

Eine Sclavin.

Es läuft, Herr, ein Gerücht im Volk, „es
gäb' hier ein
Austheilen heut von Wein und Sesam-
kuchen:"
Das ist's, darum versammeln sich die
Haufen;
Und darum kommen Jung und Alt gelau-
fen!

Gedräng unter der Saalthüre.

Erstes Weib, mit einem Wasserkruge auf dem Kopfe.

Weiber, lasset mich voran!
Unbemerkt von meinem Mann,
Bin ich aus dem Hauß' geschlichen;
Bin ich aus der Straß' entwichen;
Angelehnt nur ist die Thür:
Weiber, laßt den Vortritt mir!

Eine Alte. (zu der Vorigen)

Kind, das Alter halt in Ehren!
Meine Tochter will gebähren,
Und Lucina sie besuchen:
Nur ein Stück vom Opferkuchen
Komm' ich, um ihr mitzubringen:
Gebt es mir vor allen Dingen!

Eine Dritte. (zu den Umstehenden)

Ist das nicht die Wittib des
Kupferschmidts Kallipides?

Weiber, der vergönnt den Vortritt!
Solch ein edler Kupferschmidt,
Wie Kallipides, ihr Mann,
Wird nicht mehr gesehn fortan!

Die andern Weiber.
(ihr Platz machend)

Ihre Tochter will gebähren:
Lasset uns das Alter ehren!

Gedränge von Weibern am Eingang.

Die Meister in Erz und allerley Goldarbeit.

Wo sind die funfzehn Kühe, daß die Hörner ihnen

Vergolden wir? Denn müssig steht das Haus,
Der schöne Blasebalg indeß; es feyert
Die Zange und der Ambos an der Wand,
Und manches schöne Werk noch harret der
Vollendung!

Die Meister des Beils.

Wo sind die funfzehn Stier'? die hundert
Schafe?
Und die zwölf Widder des Amphitryon?
Daß wir sie schlachten, daß wir sie zum
Opfer
Bereiten: sagt ihm, daß die schönen Häute
Wir hier bereit sind, ihnen abzuziehn!

Bybachides.

Wo ist der edle Held, Amphitryon,
Der heldenmüthig so für Theben focht?
Mit seiner harten Wund' im Kniegelenk?
Ihr Andern, laßt mich durch! Platz ihr
Thebaner!
Hier bring' ich Binden, auch ein schneidend
Werkzeug;
Und gibt es was zu brennen, trägt mein
Lehrling,

Antiochus, aus Antiochien,
Das schöne Kohlenbecken hinterdrein!

Damokleia.

Ihr guten Leute, Nachbarn, hört mein
Wort:
Es ist ein Irrthum hier, ein Mißverständ-
niß!

Einige.

Kein Irrthum!

Andere.

Keineswegs ein Mißverständniß!

Noch Andere.

Es hat der Sosia uns herbestellt!

Die Meister in Erz.

Um funfzehn Küh'n die Hörner zu vergolden!

Die Meister des Beils.

Die Häute hundert Schafen abzuziehn!

Bybachides.

Den Pfeil dir aus dem Kniegelenk zu neh=
men!

Die Weiber.

Und schöne Opferkuchen zu empfahn!

Sofia 2.

Ich? Sterben will ich, weiß ich davon
ein Sylbe!

Damoklcia.

So haltet euch an ihn, der's euch ver=
sprochen!

Einige.

Nehmt in die Mitt' ihn!

Andere.

Faßt ihn mit der Zange!

Wieder Andere.

Schwingt über ihn das Beil!

Noch Andere.

Vergoldet
Die Hörner!

Die Ersten.

Zieht die Haut ihm ab!

Die Letztern.

Die Linsen!

Die Weiber.

Die Bohnen!

Die Kinder.

Und die schönen Opferkuchen!

Baderlehrling.

Kommt, Meister, kommt! Hier giebt es
blut'ge Köpfe!

Sybachides.

Um desto besser, Narr! So bleib doch nur!
Das halbe Tagewerk ist so versäumt:

Vielleicht gibt's nebenbey ein kleines Schar-
werk!

Eine Sclavin.

Es ist ein neuer Andrang um dieß Haus:
Zwölf Hirtenknaben ziehn an Seilen Wid-
der;
Und funfzehn Opferstiere, hundert Schafe;
Sie brüllen laut um Einlaß an dem Thor:
Dort kömmt Melanthes selbst, der Ober-
hirt!

Amphitryon 2.

Was bringst du mir, Melanthes?

Melanthes.

Funfzehn Stück,
Die ausgesuchtesten der Heerde — hundert
Schafe —
Und auch zwölf Widder — alles, Herr, wie
du geheißen!

Amphitryon 2.

Wie ich geheißen?

Melanthes.

Ja — auf Soſlas Befehl
Beſorgt' ich augenblicklich die Vollbringung!

Amphitryon 2.

Ihr Männer Thebens, iſt dieß gleich ein
Irrthum,

Und meiner Habe Letztes dieß: ſo ſollt
Ihr dennoch dieſen Irrthum nicht ent-
gelten:

Es bleibt demnach das Mahl euch ange-
ordnet!

Ein Alter.

Das wolle Jupiter verhüten, daß
Wir unſerm Feldherrn, dir Amphitryon,
Den Weſpen gleich, das ſchöne Haus ver-
wüſten!

Ihr Männer, Weiber, geht an euer Tag-
geschäft,
Wie stets, der Eine hier, die Andre dort,
An Brunnen, und auf öffentlichem Markt! —
Du siehst, sie weichen friedlich aus ein-
ander:
Denn stets bist du im Herzen uns geachtet!

Amphitryon 2.

Ich dank' euch, gute Leute, Dank, Thebaner!

(das Volk verläuft sich)

Eilfte Scene.

Ungewißheit der Wahl, wer der rechte ist, zwischen Alkmenen und den beyden Amphitryonen, und zwischen dem bösen Weibe Andria und den beyden Sosien.

Elektryon, Alkmenens Vater, zu seiner Tochter und ihrem Gemahl.

Sagt, habt ihr irgend nicht ein zwischen euch verabred't Zeichen,
Das einem Frembling sich so leicht nicht offenbart?

Amphitryon 2.
Sonst keins, als hier dieß Mahl an meinem linken Arm,

Das ich im Kampfe einst für sie davon getragen! —

Hier ist die Wund'!

Amphitryon r.

(der gleichfalls seinen Arm aufstreift)

Und hier die Narb', Alkmene!

Elektryon.

So wächst, ihr Götter, denn Verwirrung
auf Verwirrung!

Doch sieh, dort kömmt Nausikrates, der
Steuermann:

Vielleicht, daß der uns Auskunft geben kann!

Nausikrates, mit einem Kästchen
unter'm Arm.

Was seh' ich, Himmel! zwey Amphitryonen

Ju einem Hauf' und unter einem Dach beysammen wohnen?

Amphitryon 2.

(auf ihn zu, und ihn vertraulich bey der
Hand faſſend)

Mein braver Steuermann, getrauſt du,
zwiſchen beyden,
Dich hier wohl, deinen rechten Herrn zu
unterſcheiden?

Nauſikrates.

Warum nicht, wenn auch nicht an Stimm'
und Laute:
Der iſt's, der geſtern mir dieß Käſtchen an-
vertraute!

Amphitryon 2.

(plötzlich umgewendet zu Amphitryon 1).

Wo?

Nausikrates.

(zu ihm selbst)

Ja — so frag' ich: ihr gebt Antwort
mir auf dieß!

Amphitryon 2.

Ich gab's dir, als der Feind bereits zum
Angriff blies!

Nausikrates.

Mit welchen Worten hast du's mir gegeben?

Amphitryon 2.

Das Geld für einen Nothfall aufzuheben! →

Elektryon.

(zu dem Andern)

Wohlan, bist du nicht bloß mein Herr hier
von Gestalt:

So nenne mir sogleich des Kästchens Inhalt!

Amphitryon 2.

Gut, gut, dieß sey die Prob'! Ich geh' es
ein;

Erräth er's — mag Amphitryon er seyn!

Nausikrates.

Wie viel enthält's an Golde?

Amphitryon 1.

Zwölf Talente!

Nausikrates.

Wie viel an Silbermünz'?

Amphitryon 1.

Eilf tausend Drachmen!

Elektryon.

Trifft's zu?

Nausikrates.

Bis auf die letzte, kleinste Drachme!

Amphitryon 1.

Neu ausgeprägt!

20 *

Elektryon.

Wie steht's mit diesem Punkt?

Nausikrates.

So wie er sagt!

Amphitryon 1.

In Rollen eingepackt!

Nausikrates.

Nein, das geht über meinen Schiffsverstand!
Da überzeugt euch selbst — hier sind die
Schlüssel!

Elektryon.

Wo ist der Schlüssel?

Nausikrates.

(ihn suchend)

Kann ich ihn doch gleich nicht finden!

Amphitryon 1.

Such links im Kleid! Er steckt im Zwischen=
futter!

Nausikrates.
(der ihn hervorhohlt)

Ey, was zum Henker, woher wißt ihr,
Herr, auch dieß?

Amphitryon 1.

Ein Einfall bloß — er kam mir ungefähr!

Nausikrates.

Allein noch eins — wo stand ich, als ihr
mir das Kästchen gabt?

Amphitryon 1.

Gleich vor der rothen Thür der Schiffscajüte!

Nausikrates.
(ihm die Hand schüttelnd)

Ihr seyd mein lieber Herr, ja, daß euch
Gott behüte!

(zu Elektryon)

Schließt auf! Seht da die Beutel! —
Zwölf Talente —

Und, richtig aufgezählt, eilf tausend
Drachmen!

Amphitryon 2.

Nausikrates, mein braver Steuermann:
Auch du mit meinem Todtfeind hier in Einverständniß?

Doch nur Geduld! Noch leben anderswo
Mir treure Freunde, und die mehr erprobt
sind:
Sie hohl' ich her, und will mit ihrer Bey-
hülf'
Alsbald den schändlichsten Betrug entlarven!
(ab)

Nausikrates.

Ja, geh nur, geh, du kömmst gewiß nicht
wieder!
Allein, was wahr ist, Herr, ihr gleicht
euch, wie zwey Brüder!

Amphitryon r.

Du, Sosia, lad auf's Neu das Volk mir
ein!

Für Theben muß ein Tag der Lust heu
seyn!

Ihr folgt mir, lieben Freund', indeß zur
Tafel!

(indem er Alkmenen die Hand reicht)

Und du, Alkmene, immer noch voll Miß-
trau'n so den Blick?

Alkmene.

Vergib! — Es naht heut diesem Haus ein
Mißgeschick: —

Bist du Amphitryon: — wirst du dieß Miß-
trau'n ehren:

Und einem Andern hab' ich ja nichts zu
erklären!

(Mit ihrem Vater, Amphitryon ꝛc., Damokles
und den Uebrigen, außer Andria und den beyden
Sosien, ab)

Sosia 1. Sosia 2. Andria.

Andria. (für sich)

Und auch zwey Sosien, wie zwey Amphitryonen?

Sie auszuforschen mag der Neugier schon
verlohnen!

(laut)

So sagt mir nur, wer von euch beyden ist
denn hier der rechte?

Sosia 1.

Ich bins!

Sosia 2.

Nein, Andria, ich bin, wie Gold,
der echte!

Sofia 1.

Das gute Weib, nun hat, zum erstenmal,
Sie, zwischen durch zwey Männern, wohl
die Wahl!

Andria.

Du Schelm, du Dieb! An dir thät ich
mich schön belaufen;
Schon ein und vierzig Freyer ließ ich laufen,
Du Taugenichts, als ich dich nahm zum
Mann!

Sofia 1.

O warum haft du mir solch Herzleid an-
gethan?
Warum erwiesst du mir nicht gleichfalls
die Gnade,
Und ließ'st mich laufen? — Sieh, so blieb
die Zahl gerade!

Andria.

(mit verbißnem Unmuth)

Sag, was ist Chrysosothenes ?

Sofia 2.

Mein Kind !

Sofia 1.

Mein Blut !

Andria.

Nun — daß ihr Beyd' ihn anerkennt, ist gut!

Sofia 1.

Ey, Närrchen du, der Streit der kam ja
eben her von Zweyn:

Mehr Väter können doch zu einem Kind
nicht seyn !

Andria.

Betrüger ! Dieb ! (indem sie hastig Sofia 2.
bey der Hand nimmt) Nun komm ! 's ist
klar ! Ich geb' ihn an ! —

Der iſt ein Dieb — und du — du biſt mein
Mann !
(mit den beyden Soſien ab)

Zwölfte Scene.

Neuer Sturm und Anlauf des **Prahlers**
Thraſo aufs Haus; Großthaten der beyden Paraſiten, während der Belagerung. —
Volksgericht über **Licht** und **Schatten**,
die beyden Paraſiten, weil ſie den Schmaus
abgeſagt.

Thraſo.
Macht meine Ankunft, Licht, ſchon in der
Stadt Rumor ?

Licht.
Den ungeheuerſten! — Man ſpricht davon
in Stadt und Thor;

An allen Brunnen und auf allen Straßen;
Ich darf mich gar nicht sehen laffen:
So gehn die Thüren und die Fenster auf,
Und alle Weiber kommen zu Hauf;
Man steckt mir Briefchen, Liebespfänder zu;
Kurz, man verfolgt mich, ohne Rast und
    Ruh!
Was ist's?— Man weiß, daß ihr mein Freund,
    Herr Thrafo, seyd!
Ja, ja, Herr Thrafo, daß euch's Gott ver-
    zeiht,
Ihr mögt mir's glauben, oder nicht, doch
    follt ihr wissen:
Das ist nun schon der fünfte Rockschoß heut,
Den man mir eurentwegen abgerissen!

    Thrafo.

Nun, nun, wir bringen es schon wiederum
    in Maß: —

Nun Kampf und Angriff, daß mir Niemand
dieß vergaß!
Der tapferste der Köch' und der Soldaten,
Doriskus, ist uns in Gefangenschaft gerathen!
Wir müssen suchen, daß wir ihn befreyn:
Nun — mit Blokade oder Sturm, dringt
ein!
(zu seinem Gefolge)
Habt ihr die Schanzkörb' bey der Hand?

Gefolge.

Ja!

Die Parasiten.
(zu dem ihrigen)

Frischling, Speisebald!
Habt ihr die Eßkörb' bey der Hand?

Beyde.

Ja!

Licht und Schatten.

Nun Trotz des Feind's Gewalt

Licht.

Doch horch! Da geht ja wohl die Hausthür drunten?

Die Vorigen. Amphitryon 2., der
mit einem Sclaven aus dem Hause tritt.

O einz'ger Sclav', den ich mir treu erfun-
den :

Lauf zu den Leuten, die ich dir genennt,
Zu Thraso, Licht und Schatten !

(der Sclave ab)

Schatten.

Element !

Das ist ja wohl Amphitryon ? — Er ist's,
bey meinem Leben :

Der scheint gar sehr erhitzt : was hat's mit
dem gegeben ?

Amphitryon 2.

(der sie gewahr wird)

Gut, daß ihr da seyd, Freund', euch sucht'
ich eben :

Hört an! Ein schimpflich niedriger Betrüger

Hat sich von mir, von Teleboás Sieger,

Gestalt und Stimme fälschlich angemaßt;

Mein schönes Gut im Hause wird ver=
praßt ;

Mein Weib bethört; die Köche sind be=
stochen ;

Bey allen Nachbarn ist ein Sieden, Kochen;

Das Volk ist eingeladen zu Gelagen ;

Man bringt das Essen mir in's Haus in
Tragen. —

Thraso.

Und ihr — ihr, der rechtmäßige Amphi=
tryon ?

Amphitryon 2.

Kein Wort, kein Sterbenswort weiß ich
davon !

Thraso.

Solch ein Affront in seinem eignen Auf-
enthalte !

Wo ist der Kerl, damit ich wie ein Ey ihn
spalte ?

Es prickelt mir gewaltig in den Fäusten,

Amphitryon, euch diesen Dienst zu leisten !

Amphitryon 2.

Wir haben's hier mit einem sehr ver-
schmißten Feinde :

Ich hohl' mir lieber drum noch ein Paar
Freunde !

Ihr seyd so gut, bewacht indeß das Haus,

Und laßt mir Niemand h'rein und Niemand
h'raus !

Licht.

Wir schwör'n dir, festes Posto hier zu
fassen,
Und keine Feder, keine Klaue durchzulassen!

Amphitryon 2.

(ab)

Schatten.

Schon hör' ich drunten einen Fußtritt
schallen!

Licht.

Doriskus is's, der Koch! Der scheint nun
auch zum Feinde abgefallen!

Thraso.

Ist er's: ich schwör's, so wahr ich ein
Soldat:
Mit seinem Tod' büßt er mir den Verrath!

Die Vorigen. Doriskus, mit einer
Schüssel in den Händen. Hinter ihm Sclaven, die ihn begleiten, ebenfalls mit Schüf-
feln!

Thraso.

(ihm entgegen)

Steh, schändlicher, verdammter Ueber-
läufer!

Doriskus.

Ey, ey, Herr Thraso, warum so in Eifer?

Thraso.

(mit gezogenem Schwert)

Verräther du, zerhackt in Stücken,
Will ich zurück dich hier auf dieser Schüssel
schicken!

(umgewendet zu den beyden Parasiten, die sich
indeß über das Essen hermachen)

Was macht ihr da, he, Licht und Schatten?

Beyde.

(mit vollen Backen)

Herr,

Wir machen euch dazu die Schüsseln leer!

Thraso.

Wie, Schurken, ziemt es sich für euch,
auf Schmausereyn

Und Gaumenluft anjetzt, im hitzigsten Gefecht,
bedacht zu seyn?

Licht.

Herr, jeder dient dem Freund, so gut er
kann:

Es stammt das Blut, doch nicht der Muth
sich an;

Wer keinen hat zu Blutvergießen und zu
Kriegen:

So sagt mir nur, woher wohl soll er welchen kriegen?

21 *

Von allerältester Stammvaterschaft
Ist jeder Bär ursprünglich bärenhaft;
Ein jeder Has' ist auch ein Hasenherz jetzun-
der;
Ein Einfaltspinsel unter'n Füchsen wär' ein
Wunder:
Nur seht, der König in der Thiere Reich,
Der Mensch, ist Has' und Bär und Fuchs
zugleich;
Aus Stoff von jeder andern Thierart hat,
aus Eseln, Affen,
Prometheus einst, der Bildner, ihn erschaf-
fen:
Drum herrscht oft, in derselben Generazion,
Der Aff' im Vater, und der Esl' im Sohn.
Ihr seyd ein Leu, wie männiglich bekannt:
Und wohl gebührt das Schwert drum eurer
Hand;

Ich will mich mit geringerm Ruhm be-
gnügen:
Ein Fuchs will ich stockstill vor dieser Haus-
thür liegen.
Mein Plan ist: was von Eßwaar' irgend
durchpassirt, jetzunder,
Oder nachher, das schling' ich in demselben
Augenblick hinunter:
So gibt, aus Mangel von Proviant,
Der Feind sich auch zuletzt in unsre Hand!
He, Frischling, hier die fünf Laib Brot
Thu' in den Korb, so wie ich dir gebot!

Schatten.

He, hier den Bratfisch, Speisebald,
Auf Kohlen beygesetzt, damit er nicht wird kalt!

(Indem sie den Sclaven des Doriskus die
Schüsseln abnehmen, und sie in ihre Körbe
packen)

Licht.

Doch sieh, was kömmt, in wüthend hellen
Haufen,

Denn dort das Volk so auf uns zugelau-
fen?

Die Vorigen. Eindringender
Volkshaufen.

Volk.

Habt ihr euch so was 'raus genommen:
Das, Licht und Schatten, soll euch schlecht
bekommen!

Ein Alter.

Habt ihr den Volksschmaus abgesagt?

Licht.

(der sich von ihnen loszumachen sucht)

Ey was, ihr Herrn, wir war'n dazu beauf-
tragt!

Einige.
Zerreißt den Schatten!

Andere.
Thut das Licht aus!

Licht.
Thut's nicht! Ich sag' euch, 's wird nichts
Gut's d'raus!
Mein Vater war der Licht= und Kerzen=
händler Licht:
Er schuf ein einzig Licht, mehr nicht,
Und ruhete, das sollt ihr merken,
Darauf von allen seinen Werken!

Schatten.
Edle, Thebaische Gemeinde,
So sehr verkennst du deine Freunde:
Schatten und Licht —
Wo das 'reinbricht:

Da ist manch armen Erdenkinde Tag ge-
wesen:
Man wird davon noch spät einst bey der
Nachwelt lesen!

Licht.

In der Affaire bey Kuchenlaufen,
Da focht' ich mit im ersten Glied!

Schatten.

Manch armen Ritter hab' ich seinen Appetit
Versalzen einst, bey Hohenapfelstaufen!

Der Alte.

Verurtheilt sie, allein nach Urthel und Gesetz!
Setzt ihnen Richter aus!

Einige.

Dahler den Steinmetz!

Andre.

Oder den Färber!

Noch Andre.

Ja, oder den Gerber!

Volk.

(zu einigen im Hintergrunde Stehenden)

Tret't vor da Meisters! Ihr sollt Lichten
Und Schatten, in des Volkes Namen, richten!

Licht.

Was, richten? Wir erkennen sie nicht an!
Wer seyd ihr? Sagt uns das erst, Mann
für Mann!

Erster Meister.

Krieg auf Erden führt der Mensch: Krieg
in Lüften führt der Sperber;
Roth färbt der Soldat sein Schwert: roth
auch färbt den Zeug der Färber!

Zweyter Meister.

Ehrt das ält'ste Kunstgewerke, was geehrt
hat selbst der Schöpfer!
Wie aus Leimen Gott geschaffen: schafft aus
Leimen auch der Töpfer!

Dritter Meister.

Menschen schaffen — so versteigt sich nie
mein Stolz: ich mach' nur Kleider;
Hoch in Lüften singt die Lerche: In der
Werkstatt singt der Schneider!

Schatten.

Respect vor euch; doch Schatten kann und
Lichten
Nur Licht und Schatten, Ihresgleichen,
richten!

Einer aus dem Volk.

Herr Schatten, in Thebanischen Bezirken

Thät't ihr, als Schatten, euer Recht ver-
wirken!

Ein Andrer.

Herr Schatten, ja, man kennt euch nicht
zum besten,
Ihr seyd bedacht nur, euern Bauch zu
mästen!

Schatten.

Ey Narr'n ihr, die ihr noch nicht wißt:
Je breiter daß ein Schatten ist,
Um so bequemer läßt es sich darunter sitzen!
Sagt, thätet ihr mich nicht besitzen:
Wie würdet Sommers ihr vor Hitze schnap-
pen!

Licht.

Und ohne Licht, da müßtet ihr ja gar im
Finstern tappen!

Einige.

Da hat er Recht!

Licht.

Ihr solltet eure Freunde besser kennen!

Einige Stimmen. (unter dem Haufen)

Löscht's Licht aus!

Ein Alter.

Nein, laßt's brennen, Meisters, laßt es
brennen!

Sofia 1. Haufen von Weibern und Kindern, die ihn begleiten.

Weiber.

Ihr Männer, ist es wahr, daß sich Amphions
Wunder hier erneuen?

Man spricht hier von zwey Sosien und
zweyen

Amphitryonen!

Sofia 1.

Tretet näher, Alt und Jung,
Und sehet selber die Bestätigung!

In dem nämlichen Augenblick, wo Amphitryon 2.
von der entgegengesetzten Seite auftritt, erscheint Amphitryon 1. mit Alkmenen und Sosia 2. unter der Hausthür.

Volk.

Ihr Götter, zwey Amphitryonen!

Ein Alter.

Zwey Sosien!

Männer.

Wer mag von beyden
Den rechten?

Weiber.

Wer den falschen unterscheiden?

Amphitryon 1.

(zu Amphitryon 2.)

Komm, laſſen wir des Volkes Urtheil freyen
Lauf!

Ein Alter.

Wohlan, zählt beyde eure Ahnherrn auf!

Licht.

Gevatter Tropf! Derſelbe Mann,
Der oft bis drey kaum zählen kann,
Der zählt, daß männiglich ſich orob ver=
wundert,
Kömmt er auf ſeine Ahnherrn, oft bis
hundert!

Amphitryon 2.

Nun, Thraſo, iſt der Zeitpunkt da, mir
Wort zu halten;
Denn du verſprachſt mir ja, ihn, wie
ein Ey, zu ſpalten!

Thraſo.

Ja, ſäht ihr nur einander nicht ſo gleich,
    als wie ein Ey
Dém andern: Herr, ich hackt' ihn gleich
    entzwey!
Doch ſo — ſagt, wer verbürgt mir, daß
    mein Eiſen
Nicht mag dem Freunde ſelbſt den ſchlimm=
    ſten Dienſt erweiſen?

Amphitryon 1.

Ich lob' es, Thraſo, daß du ſo gelaßnen
    Blut's
Hierbey verfährſt! —

Amphitryon 2.

Wohlan, Thebaner, ob ihr, feigen
    Muth's,
Mich hier verlaßt, vor meines eignen Hau=
    ſes Thoren:

Nicht hab' ich selber mich und meinen
Muth verloren!

Zurück Verwegener!

(indem er auf Amphitryon 1 eindringt, der ihn
aber kaum mit dem Arm berührt, als
das Schwert ihm zerbrochen aus der
Hand fällt)

Amphitryon 1.

Tollkühner du!

Eh' würdest du das blitzgeröthete Geschoß
des Donn'rers Händen,

Als dieses Weib hier meinem Arm entwen=
den,

Tret' ich sie dir nicht selbst freywillig ab!
Was sich in diesem Hauf' hier heut begab:
Es sollte dich die Götter ehren,
Es sollte, Sterblicher, dich zittern lehren;
Du aber gibst dich hin, in blinder Raserey;

Auch siehst du , Niemand dieser Männer
fällt dir bey !

(in's Haus rufend)

Doriskus, ist für's Volk das Essen aufge=
tragen ;

Sind die Gezelt' im Vorhof aufgeschlagen?
Sag, sind mit Brot und Wein und Fische
Besetzt die Tafeln und die Tische?

Doriskus.

Ja, Herr!

Licht.

Thebaner, nun wird's klar! — Ich
dächte,

Wer uns zu essen gibt —

Volk.

Ja, ja, das ist der rechte!

Schatten.

So kommt!

22

(Das Volk mit Sofia 2., Dorisfus und den
beyden Parasiten ab in den Vorhof)

Dreyzehnte Scene.

Jupiter und Mercur, die zu ihrer Rück-
kehr in den Olymp, mit Regenhut und Para-
sol, Anstalt treffen.

Jetzt komm, Mercur, das Nöth'ge drinnen aufzuklären:

Dann laß zurück uns zum Olympus kehren!

Mercur.

Die Wolken sind, seit einer Stunde schon,
bereit;

Wir bleiben doch die Nacht im Monde heut?

Jupiter.

Wir wollen sehen! Sind die Nächte heiter:

So reiſen wir auch wohl noch eine Strecke
weiter!

Man wird ſo im Olymp nach uns ver=
langen.

Vom Mond zur Sonn' — eilftauſend Pa=
raſangen; —

— Von dort nach Hauſ — iſt's nur noch
eine kleine Station: —

So eſſ' ich Morgen im Olympe wohl zu
Mittag ſchon!

Mercur.

Gut, gut! Beſtimmt ihr ſelbſt die Reiſe=
route!

Ich bin verſehn mit Regenkapp' und Hute,
Und einem tücht'gen Regenparaſol:
Und ſo mag kommen denn, was kommen
ſoll! —

22 *

Ich mach' mir nichts draus, wenn auch
die Nebel feuchten! –

Jupiter.

Und Lunen geb' ich selbst ein gutes Wort
zu leuchten!
(mit Mercur ab)

Vierzehnte Scene.

Jupiter erscheint, und gibt Amphitryon über das
Vorgefallene Aufschluß. Vorhof.

**Volk. Doriskus. Sofia 2. Elek-
tryon. Amyntichus. Damokleia.
Andria. Amphitryon. Alkmene.**

Amphitryon.

Sieh! welch ein neuer Gast erscheint dort
unserm Mahl?

Volk.

Es ist der reiche Guthsbesitzer, Hasdrubal!

Sosia 2.

In seinen Augen glänzt ein fröhliches Er=
eigniß!

Amphitryon 2.

Was bringst du, Hasdrubal?

Hasdrubal.

Herr, ein Verzeichniß

Der schönen Wälder, Wiesen, Triften,
Heerden,

Die dir in Zukunft angehören werden!

Amphitryon 2. (erstaunt)

Wovon?

Hasdrubal.

Ey nun, von deinem neu erstandnen
schönen Landgut,

Wofür du gestern mir, durch Sosia,

Das Geld hier richtig zugeschickt! —

Sofia 2.

Durch mich?

Hasdrubal.

Gebrauch nun dieß Geschenk der Götter mit
Gesundheit!

Amphitryon 2.

Ja — ich versteh' euch — ein Geschenk der
Götter!

Doch sieh, was naht sich dort uns für ein
zweyter Bothe?

Sein Antliß glänzet, wie vom Morgen-
rothe!

Die Vorigen. Mercur, in seiner
wahren Gestalt, mit einem Caduceus in
der Hand.

Sofia 2.

Du, wie Unsterbliche, so schön und jung,

Wer bist du?

Mercur.

Sagt dir das nicht böse Ahndung?
Ich bin Mercur — und dieser Stab,
Er führt die Todten mir zur Unterwelt
hinab!

Sofia 2.

Du hast mit diesem Stab mich heut zu oft
berührt,
Als daß die Frage dir befremdend schien,
Ob ich noch lebend, oder todt hier bin?

Mercur.

Noch lebst du! Lebend will ich dich zu
Pluto führen,
In's alte Hundehaus des Cerberus!

Sofia 2.

Ein dunkler Weg!

Mercur.

Damit uns Licht nicht fehle,
Will ich den Götterfunken deiner Seele
In der Laterne hier, als Tocht, ver=
bcauchen!

Licht.

Der trübt gewiß das Aug' dir nicht durch
Rauchen!

Sofia 2.

Was aber hab' ich dir gethan,
Herzallerliebtester Mercur, sag an!

Mercur.

Du hast dem Donnerer sein Silberzeug ge=
stohlen!

Sofia 2.

(der die Gefäße auspackt, und auf den
Tisch stellt)

Ey, ich restituir's, wenn er es so befohlen!

Mercur.

Zu spät! Mit deiner Haut hier will ich
Charons Segel flicken.

Sosia 2.

Thu's nicht! Die geht beym ersten Wind-
stoß dir in Stücken,
So mürb' ist die von Prügeln — sieh doch
nur!

Mercur.

Aus deinen Sehnen will ich eine Angel-
schnur
Zusammendrehn, und feurige Muränen
Mit deiner Leber im Cocyt mir fischen!

Die Weiber.

Erbarmen du, der Maja schöner Sohn,
Mit diesem Knechte des Amphitryon!

Ein Alter

Ein neues Wunder, sieh! ein Donnerschlag

Aus heitrer Luft! — Der Adler Jupiters
umschwebt das Dach —
Gerüstet in den Klauen trägt er das Ge-
schoß,
Womit die Schuldigen er straft — und dort
Erscheint der Vater selbst, der Himmlische!

Die Vorigen. Jupiter, in Wolken.

Die Mütter.
(ihn ihren Kindern zeigend)

Der ist's, durch den die Linsen und die
Bohnen wachsen!
Strecket eure kleinen Hände, allerliebste
Kinder, aus,
Rufet: Dank dir für die Linsen, Dank dir
für die Bohnen, aus!

Einige.

Dank der Linsen!

Andre.

Dank der Bohnen!

Noch Andre.

Dank der schönen Opferkuchen!

Chor von Weibern und Kindern.

Dank, für alles Dank, was heute noch
    mein Mund hier wird versuchen!

Mercur.

Still doch, ihr Weiber da, mit euerm
    ewigen

Gedank und Dankgeschnatter! Meint ihr denn,
Es seyen euch die Götter etwa ähnlich,
Und daß sie auch nicht hörten, wenn man ihnen
    ihnen

Dasselbe Ding nicht hundertmal auch sagte?

Einige.

Bah! Du, der Maja Sohn, was kümmert's
    dich?

Andre.

Gilt unfer Dank doch keiner niedern Gottheit!

Noch Andre.

Thebanerinnen darf man auch den Mund
verbieten!

Jupiter.

Ihr Weiber, still!

Mercur.

Schon gut, daß dir einmal die Ohren auch geklungen!

Denn warum hast du, uns zur Qual,

Auch, aus des Donners Material,

Geschaffen einst die Weiberzungen!

Einer aus dem Volk zu Lichten, der allein stehen geblieben, indeß die Andern umher alle knieen.

Nun, Licht, läßt du nicht auch dem Dank
auf Knieen seinen Lauf?

Licht.

(der sich unbehülflich dazu anschickt)

Gern, gern, Thebaner! Aber sagt mir nur,
            wer hilft mir wieder auf?

Jupiter.

Laßt ab, Thebaner, mir zu danken! Schon
            genug
Empfing ich hier des Danks, und Dank,
            wofür
Ich keinen hinzunehmen Willens bin.
Es hat uns so beliebt, einst den Olymp
Verlassend, hier Alkmenen zu besuchen,
Die Hellas Ruhm, sein schönstes Kind, uns
            pries.
Ich kam — ich sah — ich fand weit mehr,
            als ich gesucht.
Nun — daß ich wieder ging, so wie ich kam;
Daß ich Alkmenens stille Bitt erhörte,

Ihr nicht des Hauses schönen Frieden
störte —

War wohl natürlich — konnt' ich wen'ger
thun?

Was ist hierin geschehn, was Dank verdient?

Fürwahr, kaum etwas, der Erwähnung
werth!

(gegen Alkmenen)

Nein, keinen Dank auch du, geliebt'ste
Tochter!

Erinnert je zuweilen euch des Gastfreunds,

Bin ich entfernt! — Steh auf, Amphitryon!

Steh auf Alkmene! — Dieß nur sey mein
Lohn!

(gegen das Volk)

Und ihr gedenkt der Bohnen und der Linsen!

(ein zweyter Donnerschlag)

Mercur.

Mein Auftrag geht nun gleichfalls hier zu
Ende,

Und doppelt leg' ich nun zurück in deine
Hände,

O Sofia, was ich dir heut gestohlen:

Deinen Gurt und deine Sohlen;

Deine Füße; deine Ballen;

Deine Schuhe; deine Schnallen —

Sofia 2.

Auch zwey Weiber?

Mercur.

Nein, faß Muth!

's bleibt bey einer!

Sofia 2.

So ist's gut!

Nachschrift.

―――

Die dem Publikum hier mitgetheilten
Volksscenen des Amphitryon sind aus einer
Bearbeitung desselben entlehnt, die, nach
Art der Neuern, breiter auseinander geht,
und, so zu sagen, mit Aufgebung der Einheit des Orts, an das Gebiet des Epischen
streift. Eben deshalb eignet sie sich mehr
zu einer Leseform, als zu einer in der Dar-

stellung.   Diese will nämlich ein unmittel=
bares Fortschreiten, eine Einheit, ein Zu=
sammendrängen, kurz, die beschränkte Aus=
bildung einer einzelnen Charakter = und
Handlungsgruppe, bey welcher selbst die
Befriedigung der strengsten Forderungen, an
Einheit der Zeit und des Orts, keinesweges
gleich;gültig ist. Ein anderes ist aber, die
Regel nicht zu kennen; ein anderes sie,
aus guten Gründen, dermalen hintenan zu
sehen! Da ich einmal gesonnen war, den
Amphitryon, in Rücksicht auf Metrik, Stoff
und freye Behandlungsart, für meine ei=
gene und Anderer Anschauung, als ein
ernstgemeintes Studium, wohin es nur ge=
hen wollte, durchzutreiben: so nahm ich
auch keinen Anstand, mir die nöthigen,

23

oder beſſer geſagt, die bloß herkömmlichen
Freiheiten zu erlauben. So entſtanden
zwey Bearbeitungen eines und deſſelben
Stoffs: eine, die ſich, in Geiſt, Oekonomie und Stil des Ganzen, mit Beobachtung aller drey Einheiten, ſo wie auch der
Treue der Fabel, mehr an ihr Vorbild, den
Plautus, hält; die zweyte, die davon abweicht, und die, indem ſie einmal die Fabel
freyer und in ſittlicherm Geiſte der Neuern
zu verſtehen ſucht, ebenfalls kein Bedenken trägt, ſich kleine epiſodiſche Abſchweifungen, in Ausbildung untergeordneter
Charaktere, durch abſichtlich erfundene Nebenvorfälle zu erlauben, ohne jedoch deshalb das fortſchreitende Intereſſe der Haupthandlung aufzugeben. Beyde Arbeiten,

die, wie gesagt, ganz zum Druck fertig liegen, hoff' ich zu seiner Zeit dem Publikum
vorzulegen. Was das Metrum betrifft:
so geb' ich hier alles für einen bloßen Versuch. Bey der Schwierigkeit der Sache
kann vor der Hand nur von einer möglichen
Annäherung die Rede seyn; denn das Ge-
lingen oder Mißlingen eines solchen Ver-
suchs beruht doch zuletzt auf dem Haupt-
punct, wie viel oder wenig er für die theatralische Darstellung wirkt. So viel ist
indeß wohl gewiß und ausgemacht, daß
unsre Literatur weit besser berathen gewe-
sen wäre, wenn man, zu Lessings Zeit,
bey Wegwerfung und Verdrängung des
sechsfüßigen Alexandriners von unsrer Büh-
ne, anstatt die naiven, uralten deutschen

23 *

Reim = und Gesangweisen — eigentlich nur
die Ungeschicklichkeiten ihrer Behandlung —
kurz und gut aufzugeben, lieber, aus die=
sem Sylbenmaß heraus, einen Schritt vor=
wärts in den griechischen Septenarius, als
den Schritt rückwärts, in den leidigen, mo=
notonen, reimlosen, steifen, schul= und regel=
gerechten fünffüßigen, hölzernen Jambus
gethan hätte, der nie ein ächt dramatisches,
d. h. Volksmetrum geworden ist, noch es
jemals werden kann, aus Ursachen, die tief
in der Natur unserer und jeder neuern
Sprache liegen. So, indem man die Fes=
seln des Reims von der einen Seite auf=
gab, ward man es nicht gewahr, daß man
sich in dieser kahlen, reimlosen Gattung, die
so gar nichts ächt naives zu sagen erlaubt,

ohne daß sie es vorher erst zerdrückt und
zerknickt, noch größere anlegte. Kein Wunder demnach, daß, durch eine solche Be-
schränkung, der Naturalismus auf unserm
Theater Platz griff, und sowohl Dichter
als Publikum auf den breiten Weg der
Prosa verschlagen wurden. Dennoch lag
schon in unserm uralten Knittelvers der
halbe Hexameter der Alten: eine Behaup-
tung, wofür auch die Leichtigkeit beweist,
womit ein großer Meister ein altdeutsches,
berühmtes Gedicht in die ebengenannte
griechische Versart umgoß. Schon früher
war Göthe beynah der erste, der, in seinem
herrlichen Faust, jenes altdeutsche, naive
Sylbenmaß, in bisher kaum geahndeter
Veredelung, wieder zu Ehren brachte; für

die theatralische Darstellung aber müffen
und follen, wenn der rohe Naturalismus
nicht wieder die Kunft, bey ihrem neuen
Eintritt, wie zum erftenmal über'n Haufen
werfen foll, noch gröfere Freyheiten, als
die dort genommenen, vergönnt feyn. Von
den Alten kenn' ich keinen Schriftfteller, der
gefchickter wäre, uns, auf diefem Wege,
zum Vorbild und Mufter zu dienen, als
Ariftophanes. Wie nahe lag z. B. gleich
dem gemeinen Alexandriner mit fchulgerech-
ter Cäfur nicht fchon der weit fchöner klin-
gende Trimeter, der fie vernachläffigt! Z.
B. ift es ein Alexandriner, wenn ich im
Deutfchen fage:

Haft du mein Pathgefchenk noch,
mein geliebtes Kind?

Es wird aber ein trimetrischer Vers, wenn ich die Cäsur auf folgende Weise verstecke:

> Hast du mein Pathgeschenke noch,
> geliebtes Kind?

Noch einen Schritt weiter — erhalten wir den Septenarius:

> Hast du noch, mein geliebtes Kind,
> das schöne Pathgeschenke?

Wollen wir in den Septenarius, nach Art der Griechen, abwechselnde Sylbenfüße, wozu sich hauptsächlich der Tribrachys ◡◡◡ und der Proceleusmaticus, bey uns Deutschen, eignet, werfen: so erhalten wir, in freyerer Bewegung, ein Metrum, das sich dem Hexameter nähert, und ihn, an Leichtigkeit und Ungezwungenheit, noch übertrifft. Z. B.

Bernstein war es und geschlif=

fenes Gold und orientalische

Gefäße,

Stoffe, womit der Kaufmann zu

Schiff, von dem entferntesten

Indien, uns beschenkte.

So mannichfaltige Sylbenfüße indeß für
das deutsche Volksohr zusammen zu hal=
ten, scheint mir in unserer Sprache der
Reim, der, unter dieser Bedingung, selbst
Octonarien verstattet, ein sehr zweckmäßiges
Hülfsmittel; z. B. mit dem Tribrachys im
siebenten Tact, wo Mercur sagt:

Was mich betrifft, mir ist nur eins ver=
drüßlich!

Es läuft in diesem Hauf' ein Weib umher:
Mit Namen heißt sie Andria;
Ein Weib des Sclaven Sosia:
Die, fürcht' ich, wird in mir alsbald
Erblicken nicht des Mann's Gestalt:
So wird ihr Herz in Lieb' entlodern,
Und, Liebe gebend, Liebe fodern:
Nun sprich, was ist dabey zu thun?
In ihren Armen auszuruh'n,
Dazu ist sie mir von Gesicht
Zu häßlich. — Und die Ehepflicht
Nun wieder ganz und gar verweigern ihr
zu wollen:
Nun — das geht wieder nicht —
und ein Paar Küsse muß ich
wenigstens ihr zollen!
Wie gesagt — ich gebe, was ich gelei=

ſtet, für nichts weiter, als Verſuch zu einer möglich größern Annäherung, für die
aber kein Räſonnement, ſondern die augen-
blickliche Wirkung aufs Volk, und der thea-
traliſche Effect, entſcheiden kann.

IV.

Der Tischfreund.

Nach dem Griechischen des Plutarch.

———

Vorerinnerung.

———

Einer der vorzüglich gangbarsten Charaktere der alten Komödie war der Kolax,
oder Tischfreund, den auch Menan-
der mehrmals bearbeitet, und Terenz,
hier und da, auf seine Weise, nachge-
ahmt hat. Ich habe versucht, diesen Cha-

rakter, nach seinen Hauptzügen, aus Plu-
tarchs Abhandlung περι κολακις ϛ Φιλου,
bey der er gewiß die neuern Komiker im
Auge hatte, zusammenzusetzen.

———

Der Tischfreund.

———

Holzwürmer nagen an der Steineich' Wur-
zel;
Die Horniß hängt dem Stier sich oft in's
Ohr;
Die lieblichsten der Frücht' umsummen Wes-
pen:
So auch verfolgt der Tischfreund das Ver-
dienst,
Das Ehrgeiz, oder Tapferkeit erwarb.
Was lehrt vom wahren Freund ihn unter-
scheiden?

Was zwischen beyden uns die Grenze ziehn?
Zu spät ist's, Münzen nach dem Klang zu
prüfen,
Da wo im Nothfall ihrer du bedarfst;
Doch leicht erkennt sich auch ein falsch Ge-
präge:
Hört an, was Jedem hier die Vorsicht
räth!
Besonders thut den Großen Vorsicht
Noth. —
Wie Schwalben zieht das Parasitenvolk
Dem Rauche nach, und wärmt sich, wo es
dampft:
Ein kalter Heerd hält leichter sie entfernt.
Wie unglückselig ist des Königs Hof,
Und wem Erziehung hier beschieden ward!
Erfahrung lehrt, was groß und göttlich
heißt,

Kann in des Schmeichlers Nähe nie ge-
deihen.

Das Einz'ge drum, was Königskinder lernen,

Ist Reiten: weil das Pferd allein nicht
schmeichelt,

So wie der Hund und wie des Hauses
Katze;

Es wirft den ungeschickten Reiter ab

Von seinem Sitz, er sey auch, wer er sey;

Doch alles Andere wird Jenen leicht,

Weil sich im Kampf besiegt der Kämpfer
stellt,

Und das Geschlecht in dem Bekämpften
ehrt!

Drum flieht den Tischfreund, den der Tie-
gel schafft:

Nie überlebt die Schmeichelei das Glück:

Wie Läuse von dem Leib des Todten weichen:

Entweicht der Schmeichler vom gefallnen
Freund.

Die Feuer in der Stadt sind angebrennt:
Er steht, und mißt der Häuser langen
Schatten, *) ⸺

---

*) Eine schöne hierher gehörige Stelle findet
sich in den Fragmenten des Plautus:

Ut illum di perdant, primus qui horas repperit,
Quique adeo primus hic statuit solarium,
Qui mihi comminuit misero articulatim diem.
Nam, me puero, uterus hic erat solarium,
Multo omnium istorum optumum et verissi-
mum.
Ubi iste monebat esse: nisi cum nihil erat.
Nunc etiam, quod est, non est, nisi soli lubet.

Wie lang es wohl bis Essenszeit noch ist?
Indeß besucht er auch, zum Zeitvertreib,

Itaque adeo jam oppletum est oppidum solariis,
Major pars populi aridi reptant fame.

Agell. Lib. 3. Cap. 3.

Das Wetter dem auf seinen Kopf, der erst
Die Stund' erfand, den Sonnenweiser stellte.
Der mir Unglücklichen den Tag verkrümelt und
zerstückelt!
Jung war mein Sonnenweiser hier der Bauch,
Der Sicherste und Zuverläßigste:
Der sprach: „'s ist Zeit zum Essen!" gab's nichts,
schwieg er:
Jetzt, gibt's auch 'was: da regulirt die Sonn'
erst lang den Anbiß,
Die ganze Stadt ist voll von Sonnenweisern,
Und alles Volkes Magen ist erbärmlich leer. —

24 *

Wohl einen Circus oder einen Hörfal:
Hier nimmt er stets Besiß vom ersten
Plaß,
Doch nicht, ihn zu behaupten; sondern nur
Im Nothfall ihn dem Gönner abzutreten,
Dem Mächtigen, der späterhin erscheint:
Dann seht ihr mit Geräusch ihn sich erhe-
ben,
Und „Plaß! Plaß!" rufen zum entfernten
Volk,
Das jener, mühsam angelangt, verwünscht.
Ein andermal ist vor ihn hingestellt,
Die Stöße von der Menge abzuhalten,
Anstrengung im erbißten Angesicht,
Der Parasit bemüht. „Das war ein
Drang!
„Was hab' ich mit den Armen wehren müs-
sen;

„Allein, was thut man nicht für einen
    Freund!"
Trifft den geprüften, nur entfernten Mann
Ein Tadel: schadenfroh stimmt er ihm bey:
„Wie freut's mich, ruft er aus, daß end-
    lich Dir
„Die Augen über ihn geöffnet sind!
„Längst war er mir verdächtig: doch ich
    schwieg;
„Gefiel er dir, konnt' er mir auch gefal-
    len!"
Auf gleiche Weise mißt sein Lob er zu,
Und ob ihr's einem Feind von ihm ertheilt:
„Es freut ihn, dieß aus euerm Mund zu
    hören,
„Denn eure Freunde sey'n die seinen auch:
„Er dankt euch, in des guten Philo Na-
    men;

Er will es ihm erzählen, und sogleich:

„Er kenn' einmal kein süßeres Geschäft,

„Als Andern eine fröhl'che Stunde machen."

So klingt die Pfeife, die den Simpel lockt,

Und in des Voglers Netz ihn tief ver-
strickt.

Wollt von Geschäften ihr zurück euch zieh'n,

Gleich spricht der Parasit: „d'ran thust du
wohl!

„Was Rom und was Athen und was Cy-
rene?

„Weltbürger sind wir — unser ist der
Tag:

„Man lebt nur einmal — muß sich selbst
genießen!"

Verändert ihr dagegen euern Entschluß:

Sogleich verändert er den seinen auch:

„Der Mensch, so hebt er mit Emphase an,

„Gehört dem Staat, und nicht sich selber
     zu!

„Kein edles Herz ist fremd dem Vater-
     land!" —

Sonst bringt er auch in's Haus euch man-
     che Botschaft

Von dem, was hier und da gesprochen
     wird,

Sey's an den Brunnen, oder in den Gäß-
     chen

Der Vorstadt: nichts entgehet seinem Ohr.

Freymüthigkeit im Tadel selber fehlet

Ihm nicht; nur mißt er ihn mit Klugheit
     zu,

Und säugt Kamele, wo er Mücken tödtet.

Verrath, den ihr auf einem Thron verübt,

Selbst Neros Muttermord, den er beging,

Ist weiter der Erwähnung ihm nicht werth:

Doch da erwacht sein Eifer, sieht er ein
Scheermesser nicht an seiner Stelle liegen;
Ist ein Geräth vertragen in dem Saal;
Verloret ihr den Schlüssel zur Schatulle:
Da bricht er los: „lang hat es ihn ge-
           schmerzt —
„Geht das so fort: wird euer großer Sinn,
„Der niemals auf das kleine klüglich ach-
           tet,
„Zuletzt euch noch um all das Eure brin-
           gen:
„Drum thut euch eines Freundes Auge
           Noth,
„Das übernimmt die Führung der Ge-
           schäfte,
„Die euer großer Geist als klein verwirft.
„Was gilt's? das Pferd ist auch im Stall
           noch nicht gefüttert?

„Und Niemand hat sich um der Vögel Aetzung

„Bekümmert, die im Käfig hungrig warten?"

So läuft er, ohne weitern Auftrag, fort,

Und schilt, den Hut vergessend, was ihm auf der Treppe

Von müssigem Bedientenvolk begegnet.

Denn das ist des verschmitzten Schmeichlers Art,

Daß er sein Lob in feinen Tadel kleidet:

Wie Jäger, welche Vögel fangen, oft

Zu ackern scheinen, oder auf dem Feld

Spatzieren gehen, und so ihr Geräth

Nachlässig, unter fremdem Schein, verbergen.

Denn so erzählt man, als vom Alexander

Ein Taschenspieler einst beschenket ward,

Sey ein gewisser Argis losgebrochen:

. „O unerhört, ihr Götter, welche Thor-
heit!"

Und da der König zornig sich gewandt:

So habe der verschmitzte Parasit

Sich drob nicht irren lassen, sondern klug

Die Rede weiter so an ihn gerichtet:

„Ja, ja, so seyd ihr einmal allzumal,

„Ihr andern Söhne Jupiters! — Den
Bacchus

„Begleiteten Silenen und Bacchanten;

„Den Herkules vergnügt ein Spinne-
rocken;

„Und Alexander liebt die Taschenspieler!"

Nichts ist so schändlich, was sich anzudich-
ten,

Der Parasit erröthete: gelingt's

Ihm, euer Zutraun nur damit zu lirren —

Habt euer Weib ihr in Verdacht: „die seine
„Hat Er in einem Ehbruch jüngst ertappt;"
Macht der erwachsnen Tochter Lieb' euch
Sorge:
„Der seinigen verstohlne Nachtbesuche
„Sind ihm ein Quell von unermeßnem
Kummer."
So wird eröffnetes Vertraun ein Pfand,
Was dringend gegenseitiges Geständniß
fordert.
Wie ein Chamäleon nimmt jede Farbe
Von seinem Gegenstand der Schmeichler an:
Vom Cicero erbergt er seine Wicke;
Des Plato Höcker ist ihm auch gerecht;
Und Alexanders krummer Hals — er paßt
So gut auf seinen Wirbel, wie auf seinen
eignen.
So sah, als Dionys die Wissenschaft

Beschäftigte, man Sand in allen Sälen
Und Höflinge, gestellt in jeden Winkel,
Die Triangel, und die Quadrate zogen;
Doch als in Ungnad' erst nur Plato fiel:
Kam auch der Becher wieder an die Reihe.
Da rennten sie, des Königs blöden Augen
Zu schmeicheln, sich im Saal einander um:
Bey Tisch ward's Sitte, Schüsseln umzu-
      werfen,

Wie Dionys es oft begegnete. — —
Doch scheinen möchte dieß noch Kleinigkeit
Mit dem, was Mithridates Parasiten
So unverschämt einst übten, im Vergleich: —
Da Er die Wundarzneykunst eingelernt,
Und ein ertheiltes Lob ihn drob ergötze:
So ließen sie sich brennen, stechen, sengen,
Und lobten, schnitt er, seine leichte Hand.
Fürwahr, verderblicher ist doch kein Volk,

Als das der Schmeichler! Nützt doch jedes
Ding,

Nach seiner Art! Das Waſſer trägt der
Krug,

Der Stier die Pflugſchar, und das Pferd
den Sattel,

Das Mehl der Eſel: doch der Schmeichler
nichts!

Ihr aber, Freunde, wehrt dem falſchen
Freund

Den Eingang klüglich in des Freundes
Herz;

Erſchreckt den Freund durch kein zu rauhes
Thun!

Merkt der Erfahrung Wort, und was ſie
lehrt:

Vom ſchroffen Felſen ſucht der Quell das
Thal,

Im stillen Bett geruhig fortzufließen:
So liefert, rauh und streng, oft Wahrheits-
sinn
Den eignen Freund dem Schmeichler in die
Arme.

V.

Miscellen.

I.

͏upplik des Wiedehopfs, im Namen der übrigen Singvögel.

͏eimar, im rauhen Junius, 1801.

— — —

͏ gute alte Mutter Natur,
͏rbann den Nordwind von unsrer Flur,
͏r täglich und stündlich überzwerg
͏s kömmt vom alten Ettersberg.
Wir werden zuletzt noch alle verstimmt;
͏ch Aachen der eine den Flug hinnimmt;
͏r Andre steht zu Osmanstädt
͏ll Spleen an seinem Fenster und schmäht.

25

Gewickelt in seinen Rockelor
Verschließt der Dritte Riegel und Thor,
Und ruft verdrüßlich zum Fenster hinaus,
Will Jemand zu ihm: ich bin nicht zu
Haus!

Da mag der Teufel mehr Singvogel seyn,
Rief jüngst ein Rohrspatz wüthig drein,
Keinen Ton mehr bringt ihr von mir hervor,
Geschehen ist es um meinen Humor!

Ich Wiedehopf, der dieses schrieb,
Und noch bisher im Singen blieb,
Ich füge dir dieses zu wissen nun,
Magst deines Gefallens das Weitere thun!

2.

Die drey Knaben im Walde.

—

Es irrten drey Knäblein tief in dem Wald,
Die Luft ging schneidend und grimmig kalt,
Hoch lag in den Wegen der Schnee.
Sie aber gedachten vor Sternenschein
Noch fern in Großvaters Dorf zu seyn,
Der dort sie erwartete.

Es war um die heilige Weihnachtszeit.
Sie hatten sich auf die Bescherung gefreut,
Sie wandelten frisch und getrost.
Und immer lauter der Sturmwind pfiff,

Und größeres Zagen ihr Herz ergriff,
Laut krachte der Winterfrost.

Das Dörflein lag wohl jenseit der Ilm.
Thon, Wilibald und der kleine Wilm,
So hießen die Knäblein drey:
Und immer nächtlicher wurde der Wald,
Und immer mehr Muth sprach Wilibald
Den zagenden Brüdern bey.

Horch Freude! Horch ein Posthornton!
Biß wohlgemuth nun Bruder Thon,
Steigt dort schon Schornsteinrauch!
Ach nein! ach nein! — Am Horizont
Dampft's röthlich und bellend gegen den
                              Mond
Nur liegen die Füchs' auf dem Bauch!

Horch Peitschenknall, horch Hahnenschrey!
Biß Bruder Wilm nun Schreckensfrei,
Sind Menschen in der Näh'!

„Ach nein! ach nein! mein Wilibald,
Es reißt am beladenen Zweig nur im Wald,
Es knistert im Fallen der Schnee."

Siehst dort? tief unten im Geländ
Geht unsre Wanderschaft zu End',
Ist dort Großvaters Dorf!
„Ach nein! ach nein! der schwarze Fleck
Ist nicht des stillen Dörfleins Heck,
Ist schwarzer Moor und Torf."

Mir ist, als hör' ich durch Schnee und
Sturm
Den Thürmer auf St. Marienthurm
Gar lieblich blasen: es schallt:
Ein Kindlein uns gebohren ist,
Dieß Kindlein wird zu dieser Frist
Geleiten uns durch den Wald!

„Ach nein! ach nein! mein Wilibald
Es wird mir so schaudrig, es wird mir so kalt,

Es drückt die Augen mir zu.

Dort unter der Weid' am Ufer der Ilm,
Dort will ich mich setzen, so sagte Wilm,
Ihr, wandelt dem Dörflein zu!

Es kam der Tod zum Ufer der Ilm,
Und legte sich still auf den kleinen Wilm,
Weil schaudrig der Nordwind blies:
Schlaf süß, schlaf sanft du Engelsgebild!
Geleiten die Englein freundlich und mild
Dich ein zum Paradies!

Still blinkten die Lichter in Großvaters
Dorf,
Da gingen die zween zum Moor und Torf,
Den Weg im Schneelicht zu spähn:
Mit ihnen sank das falsche Geländ,
Die Kindlein falteten betend die Händ',
Und wurden nicht wieder gesehn.

Rothkehlchen saß auf seinem Ast,

Der kleine schaurige Wintergast,
Und weinte den ganzen Tag:
Großvater folgt' am Ufer der Ilm
Dem Klageton nach) bis da, wo Wilm
Wohl unter der Weiden lag.

3.

Die Erbſen, oder die Wallfahrt nach Loretto.

Eine Legende, frey nach dem Eng-
liſchen des Peter Pindar.

———

Ein Pärchen, das zu früh St. Amor paarte,
Er Gaſtwirth Dominik, ſie Dame Marthe,
Und dem der Erzbiſchoff zu Wien
Die Pönitenz auflegt', in bloßen Füßen,
Nach St. Loretto hinzuziehn,
Um ſeine Sünden abzubüßen,
Begab ſich auf den Weg, mit Erbſen in den
Schuh'n. —

Die erste Tagereise, die sie thun,
Ging ziemlich. — Bey der zweyten rief
Frau Marthe:
„He Dominik, ach lauf doch nicht so, warte!"
Doch Dominik verschloß sein Ohr,
Und lief, und lief, bis zu dem Kirchenthor
Von unsrer lieben Frauen zu Loretto.
Mit seinem Ablaßbrief, und einem noch in
Petto,
Kehrt' er sodann vergnügten Muth's zurück.
In einem Dorfe, halbes Weg's gelegen,
Begegnet' ihm Frau Marthe: „Dominik,
Ey sieh, da bist du ja schon wiederum zurück!
So sag mir nur, wie hast du's angefangen,
So schnell zu deinem Ablaß zu gelangen?
Da lieg' ich hier und ruf' Sebastian,
St. Nepomuk und alle Heil'gen an;
Doch keiner von den ....geln will sich regen!

Gewiß, du ehr = und gottvergeßner Mann,
Haſt du nicht Erbſen in die Schuh gethan,
Wie du's dem Cardinal verſprochen!"
Ey freylich, Frau, ſo gut wie ihr,
Verſetzte Dominik; nur ließ ich mir — — —
„Was ließ'ſt du dir?" — —

Ich ließ die Erbſen mir vorher ein wenig —
kochen.

4.

Das Lebenseinmaleins nach einer bekannten Melodie.

—

Mit Eins da fängt das Leben an;
Mit Zwey da wird man Frau und Mann;
Und kommen wir erst zu den Dreyn:
Da fangen Kinder an zu schrey'n.
    Wo Drey sind, folgt alsbald die Vier;
Stets enger wird nun das Quartier;
Bey Fünf und Sechs gieb's größre Noth;
Denn immer kleiner wird das Brod.

Wohl Mancher rief bey Sieben schon:
O weh mir armen Korydon!
So wächst die Zahl von Jahr zu Jahr,
Bis grau vor Alter wird das Haar.

Sie wandern ein — wir wandern aus:
Nun kommt der Tod und spannt uns aus,
Heut Eins, und Morgen wieder Eins:
Das ist das Lebenseinmaleins!

———

www.ingramcontent.com/pod-product-compliance
Lightning Source LLC
Chambersburg PA
CBHW030820110726
47900CB00006B/1678